双葉文庫

新選組!!! 幕末ぞんび

斬られて、ちょんまげ

高橋由太

もくじ

新選組!!! 幕末ぞんび
斬られて、ちょんまげ

ゾンビ三原則

第一条　ゾンビは暗闇の中でのみ動くことができ、日の光を避けなければならない。

第二条　ゾンビは人を襲い、仲間を増やさなければならない。

第三条　ゾンビに噛まれた者は、死後、ゾンビにならなければならない。

一　流行病《はやりやまい》

1

後に〝幕末〟と呼ばれる文久《ぶんきゆう》二年（一八六二）ごろの話である。長崎で死病が流行《は》行《や》った。

その病に罹《かか》ると、高熱のため狂を発し死に至る。さらに悪いことに、それは感染する病だった。症状が似ているところから、〝麻疹《はしか》〟とされた。

やがて、江戸の町にも、その病はやって来た。

運んで来たのは、京大坂を旅していた二人の僧だと言われている。

しかも、小石川柳町《こいしかわやなぎちよう》の伝通院《でんづういん》の僧で、江戸に辿《たど》り着き草鞋《わらじ》を脱いだとたん発病した。医者に診せる暇もなく寺中の僧に感染し、気づいたときには大半が死んでいた。

病死した亡骸《なきがら》を放っておくこともできず寺の裏の墓地に埋めたが、その日のうちにいくつかの死体が消えた。

それを発端として〝麻疹〟は江戸中に広まり、やがて猖獗《しょうけつ》を極めた。日本橋上は棺桶《かんおけ》で溢《あふ》れ、高熱に耐えかねて川や井戸に飛び込む者が後を絶たなかったという。

「ひどいことになったな」

近藤勇《こんどういさみ》は顔を顰《しか》めた。ひどいどころか、江戸中が地獄絵図と化している。

近藤が道場主を務める試衛館《しえいかん》は伝通院と背中合わせに位置していた。

近藤、土方歳三《ひじかたとしぞう》、沖田総司《おきたそうじ》、原田左之助《はらださのすけ》など主だった面々は病に罹らなかったが、通いの門人たちは減った。〝麻疹〟に罹り命を落とした者もいたが、多くは病気に怯え道場どころでなくなったためであった。

――当たり前だ。

歳三は眉間《みけん》に皺《しわ》を寄せる。生きるか死ぬかの病が流行っている中、剣術の稽古に来る物好きはいまい。

閑古鳥《かんこどり》が鳴いているのは、試衛館ばかりではない。

「どこに行っても誰もいません。墓場みたいに静かですよ」

総司は報告する。

この口数の多い若者ときたら、〝麻疹〟が怖くないらしく、平気な顔で町を歩き回っている。

感染《うつ》るぞ、と脅しても、涼しい顔で「土方さんの石田散薬《いしださんやく》を飲んでるから、病気なんかに罹りませんよ」と小憎らしいことを言い返す。

ちなみに、石田散薬は、土方の生家に伝わる妙薬で、川に棲《す》む河童《かっぱ》から作り方を教わったという伝説が残っていた。熱い酒に溶いて飲むと、怪我も病気もたちどころに治るというのが売り文句だ。

迷信の類《たぐい》を信じぬ歳三だが、なるほど石田散薬を飲んでいる面々は〝麻疹〟に罹《り》患《かん》していない。

「そんなにひどいか？」

そう聞いたのは近藤だった。道場主として門人が減ってしまったのを気にしていた。獅子舞《ししま》いの獅子頭のような顔つきで豪傑《ごうけつ》に見えるが、何かあるたびにくよくよと悩む。万事に真面目で悲観的だった。楽観的でふざけてばかりいる総司とは正反対である。

「誰も歩いてませんね。見かけるのは死体ばかりです」

呑気《のんき》な口振りで総司は答えた。

その言葉を聞いて、近藤は泣きそうな顔になった。

「歳、どうする？」

困ったときの口癖だった。手に負えないことがあると、決まって歳三に相談する。

「どうしようもあるまい」

歳三は答えた。相手が病気では他に答えようがない。薬を売り歩いているが、麻疹のことなどよく知らぬ。

「流行病なら、そのうち廃《すた》れますよ。じっとしてましょう」

そう言って、総司が軽く咳《せき》をした。


しかし、じっとしていることはできなかった。近藤を先頭に、歳三と総司は町に駆り出されることになる。

この話を持ち込んだのは、日野宿《ひののしゅく》の名主・佐藤彦五郎《さとうひこごろう》だった。後に新選組の後援者となる彦五郎は、試衛館とも縁が深い。歳三の姉と結婚し、近藤とも義兄弟の盃を交わしている。

当然のように試衛館の門弟たちは彦五郎を立てた。強面《こわもて》どもに頭を下げられる姿は、土地の顔役か元締《もとじ》めのように見えた。実際、そう思っている町人も多かった。そのため、日野の名主でありながら、小石川でも頼りにされていた。揉《も》め事《ごと》があるたびに、彦五郎のところに人が行く。

その彦五郎が近藤に頭を下げた。

「おかしな者が出て、皆が怯えている」

混乱している町に、おかしな者が出没するのは不思議なことではない。火事場泥棒を例に挙げるまでもなく、どさくさ紛《まぎ》れに悪事を働く者はいる。盗人《ぬすっと》はともかく、いんちきくさい札を〝麻疹除け〟として売り歩く連中もいた。

話を持ち込んだ彦五郎も、小悪党の退治だと思っているのだろう。

「退治してくれぬか」

彦五郎はもう一度、頭を下げた。

近藤という男は頭を下げられると弱い。試衛館に居候《いそうろう》が多いのを見ても分かるように、頼まれると嫌と言えない。

面倒見のいい親分肌と言えば聞こえがいいが、近藤の本性はただのお人好しである。万事に悲観的なくせに、頭を下げられると断ることができぬのだ。

「見て回るくらいしかできんぞ」

と、言いながら引き受けてしまった。

「困った人だ」

歳三が渋い顔で呟《つぶや》くと、総司がくすくすと笑った。

「何がおかしい？」

凶状持《きょうじょうも》ちでさえ震え上がると言われている目で、ぎろりと睨《にら》みつけてやったが、総司には効かない。ずけずけと歳三に言う。

「土方さんだって、お人好しですよ。いつだって、近藤さんが押しつけられた仕事をやっちゃうんですから」

自分でもそう思っているだけに、面と向かって言われると癇《かん》に障《さわ》る。

「そう言うおまえはどうなんだ？　一緒に押しつけられてるじゃないか？」

歳三もそうだが、総司も近藤の頼みを断らない。

「本当ですねえ。嫌だなあ、だんだん土方さんに似て来る」

総司は顔を顰めた。

こうして、試衛館のお人好し三人組は、夜の小石川一帯を見回ることになったのであった。

試衛館は小石川柳町の坂の上にある。江戸とは言っても拓《ひら》けているわけではなく、町屋より森や雑木林の多い土地だった。

店もあるにはあるが、伝通院があるせいか、仏壇や仏具屋のような線香のにおいのする静かな商売が多い。ただでさえ辛気《しんき》くさい町なのに、麻疹騒動でいっそう静まり返っている。総司が前に言ったように、墓場のようである。

——縁起でもない。

歳三は不吉な想像を振り払った。下らぬことを考えているより、早く仕事を終わらせる算段をすべきだ。

しかし、不吉なことを考えていたのは、歳三だけではなかった。

「烏《からす》がずいぶん鳴いてますねえ」

総司が夜空を見上げた。相変わらず、緊張の欠片《かけら》もない顔をしている。肌が白く顔立ちが整っていることもあって、夜遊びに行く若旦那に見える。

その傍らで近藤が眉間に皺を寄せている。

「夜中に烏が鳴くのは不吉だ」

大地震の前兆《ぜんちよう》だという俗説がある。実際、安政《あんせい》二年十月二日、西暦で言うところの一八五五年十一月十一日に発生した安政の大地震の前夜には、烏の声がうるさく眠れなかったという話が残っている。

「迷信だ」

歳三は言い捨てた。理屈で割り切れぬことが好きではない上に、縁起担ぎの近藤にうんざりしていた。

そもそも〝麻疹〟とやらで、これだけの人死にが出ているのだから、今さら不吉もあるまい。

「気をつけるに越したことはない」

そう言って、近藤は首からぶら下げている守り袋を軽く握った。

ちなみに、この守り袋は近藤の妻・ツネが作ったもので、何のつもりか、髑髏《ドクロ》の刺繍《しし》《ゅう》がしてある。しかも、ツネは手先が器用ではないらしく、上手《うま》く刺繍ができておらず、どことなく近藤に似た、おかしな顔の髑髏になっていた。不細工な熊《くま》にも見える。

おかしいと言えばツネもおかしな女で、一日中、刺繍をしている。それも髑髏の刺繍ばかりするものだから、稽古着から布団まで近藤の周囲は髑髏で溢れていた。

「髑髏は幸運を呼ぶと申します」

聞いたことのないことを真顔で言う。

これだけ刺繍をしているのに、いっこうに上手くならぬのも不思議だが、本気で髑髏を縁起のいいものと信じているのは不思議を通り越して不可解だった。

「そんなものを持ってると、それこそ呪《のろ》われますよ」

総司が指摘したが、ツネに惚《ほ》れ切っている近藤には通じない。

「総司と歳にも、お守りを貸してやろう」

袂《たもと》から髑髏刺繡の守り袋を取り出すと、有無を言わせず、歳三と総司の首にぶら下げた。

「これで二人とも大丈夫だ」

道場主が太鼓判《たいこばん》を押してくれた。

「ありがたいですね」

近藤によく似た髑髏を見ながら、総司がため息をついた。

2

最初に、その音に気づいたのは歳三だった。

悲観的なくせに間の抜けている近藤や、軽口を叩くのに忙しい総司と違って、歳三は猫《ねこ》のように注意深い。

「何かいるぞ」

脇の建物を顎《あご》でしゃくりながら、二人の仲間に言った。

「田舎《いなか》道場じゃないか」

近藤が不快そうな顔を見せた。歳三が顎でしゃくったのは、剣術道場である。古めかしいくすんだ門に、〝甲源一刀流比留間道場《こうげんいっとうりゅうひるまどうじょう》〟と書かれた看板が掛けられていた。試衛館と門人を奪い合っている剣術道場で、互いに「芋《いも》道場」「田舎道場」と罵《ののし》り合う仲だった。

道場こそ小石川にあるが、試衛館の基盤は武州多摩にある。下級藩士の家に生まれた総司は別として、歳三も近藤も武州多摩の農家の生まれで、門人もその地の者が多い。

多摩は将軍直轄の地であり、八王子千人同心《はちおうじせんにんどうしん》の拠点でもある。百姓であっても気位が高く、おのれの身はおのれで守り、さらに幕府にもしものときは役に立とうと考える者の多い土地柄でもあった。ゆえに、自然と百姓も剣術を学ぶ。

ただ百姓だけに流派にこだわりはなく、今日は試衛館、明日は比留間道場と腰の落ち着かぬ者も多かった。近藤にしてみれば、憎たらしい商売仇《しょうばいがたき》だ。

「物音が聞こえる」

歳三が言うと、近藤が眉間に皺を寄せた。

「潰《つぶ》れたはずだ」

道場主である比留間半造《はんぞう》を始め、主だった師範が〝麻疹〟で死んでいる。門弟も散り散りになり、空家になっていた。

「空耳じゃないですか？」

総司がそう言う理由も分かる。物音は聞こえたが、比留間道場から人の気配が感じられない。鍛錬《たんれん》を積んでいる歳三や総司に感じられないのだから、人がいないと考えるのが普通だ。

しかし、空耳ではなかった。

耳を澄ますまでもなく、がりがり、がりがりと何かを引《ひ》っ搔《か》くような音が、比留間道場の内側から聞こえて来る。

「猫ですかねえ」

そんな言葉を総司が口にしたとたん、近藤の顔色が変わった。

――まずい。

そう思ったときには、もう遅かった。

真剣な顔で「助けねばなるまい」と呟き、比留間道場の門をくぐって行く。

ごつい見かけによらず、近藤は猫好きだった。三度の飯より猫が好きで、放っておくと次から次へと野良猫を拾って来る。ときおり、勢いあまって飼い猫を拾って来て、猫泥棒扱いされたりする。

愛妻家にして猫好きの剣術使い——それが、近藤勇という男なのだ。誰もいない建物に猫が閉じ込められていると聞いて、見すごすはずがない。

「今、助けてやる。待っていろ」

近藤の声が聞こえた。

「余計なことを言ったみたいですね」

総司が首を竦《すく》めた。

3

白河藩《しらかわはん》の藩士の子である総司が、試衛館にやって来た理由を歳三は知らない。歳三が道場に出入りするよりずっと前の、九歳のときにはすでに門人として、試衛館に寝泊まりしていた。

歳三の知るかぎり、総司は一度も生家に帰ったことがなく、関わりと言えば十二歳のときに白河藩の剣術指南役と試合をして勝利したことくらいである。

道場での立ち合いでは歳三どころか、師匠の近藤でさえ総司には勝てない。千葉《ちば》周作《しゅうさく》の玄武館《げんぶかん》で北辰一刀流《ほくしんいっとうりゅう》の目録をもらった藤堂平助《とうどうへいすけ》や、免許をもらった山南敬助《やまなみけいすけ》も総司に敵わなかった。

今となっては、総司が天才剣士であることを否定する者はいない。歳三も近藤も、そんな総司の才を愛し、軽口にうんざりしながらもその明るさを愛した。言葉にしたことはないが、三人は義兄弟だと思っている。

「比留間の門人がいたら斬られますよ、近藤さん。ただでさえ恨まれてるんですから」

猫を助けるため、猪突猛進《ちょとつもうしん》、脇目も振らず歩いて行く近藤に目をやり、呆《あき》れ顔で総司は言った。

「命知らずだなあ」

近藤が恨まれているのは嘘ではないが、それを言うなら総司だって恨まれている。

武州の片隅でしか知られていない芋道場・試衛館の近藤と違い、比留間道場の道場主である比留間一族の名は高い。

最初に、その名が鳴り響いたのは天保《てんぽう》のころだった。試合があるたびに相手を瞬殺し、向かうところ敵なしの評判を取った。

先日、〝麻疹〟で命を落とした比留間半造の父・与八《よはち》は、直心影流《じきしんかげりゅう》の男谷信友《おたにのぶとも》や島田虎之助《しまだとらのすけ》とともに、〝天保の三剣豪〟の一人に数えられている。

半造自身も弘化《こうか》年間には将軍の御前で、見事な剣技を披露《ひろう》しその名を高めている。

剣術界では名門と言っていい。が、

「比留間の面目を潰したのはおまえだ」

歳三の指摘に、総司は口を尖《とが》らす。

「正々堂々と立ち合いましたよ」

立ち合いというのは、文久元年八月二十七日に府中宿六所神社《ふちゅうしゅくろくしょじんじゃ》で行われた野試合のことだ。それも、ただの野試合ではない。近藤勇の天然理心流《てんねんりしんりゅう》四代目襲名《しゅうめい》の披露を兼ねた野試合である。その野試合に、近藤は比留間半造を招いた。

これが江戸の真ん中にある大道場であれば、儀礼的な野試合に本気で立ち合いはしまいが、武州多摩の芋道場は気が荒い。襲名披露だろうと、木刀を握ったら本気で打ち合う。双方ともに決闘のつもりでいた。

「今日こそ血反吐《ちへど》を吐かせてくれるわ」

と、近藤、比留間ともに目を吊り上げていた。いつものことなので、門弟たちも止めない。

剣術の腕前を比べると、道場での打ち合いなら比留間に分があるが、今回の野試合は試衛館のやり方で行われる。打っただけでは一本とならず、相手を気絶させるか「参った」と言わせなければならない。

「男の勝負だ」

近藤は不敵に笑う。自信があるのだ。

何しろ近藤は頑丈にできている。屋根の上から落ちても怪我一つしないし、自分の四代目襲名披露の野試合だけに、「参った」という言葉は口が裂けても言わないだろう。

今回の野試合にかぎっては、散々殴られはするものの、最終的には近藤が勝つだろうというのが歳三の見立てだった。

「そりゃあそうですよ。襲名披露で負けたら、赤っ恥もいいところですからねえ」

総司もそう言っていた。

しかし、余計なことをして、自分で自分の首を絞めるのが近藤だった。この日、近藤は体調を崩していた。

野試合の前夜、どこかで猫の声が聞こえるとさがし回り、結局、一睡もしていない。それに加えて、精をつけるためと慣れぬ獣肉を山のように食って腹を下した。ツネの作った豚肉料理が生煮えだったという噂もある。

「近藤さん、あんた、本物の馬鹿か」

歳三は呆れたが、今さらどうしようもない。

「一橋公《ひとつばしこう》にしてやられたッ」

見物に集まって来た百姓や、立ち合い相手の比留間を待たせ、厠《かわや》にこもり、豚肉好きと評判の一橋慶喜《よしのぶ》を罵っていた。罵られる一橋公も迷惑だろう。

その様子を見て、運が向いて来たと比留間は笑った。目障りこの上ない試衛館を叩き潰す好機である。

これまで何度か近藤と木刀を交えていたが、無神経とも言える頑丈さに手を焼いていた。そのせいもあって、武州多摩のこのあたりでは、由緒《ゆいしょ》正しい比留間道場が訳の分からぬ試衛館と同列に扱われている。格の違いを見せつけねば、天保三剣豪と呼ばれた父に申し訳が立たない。

比留間は声を荒らげる。

「早く立ち合わぬかッ。客を待たせるとは、それでも武人かッ」

その武人は厠で腹痛と闘っている。しゃがんだ姿勢のまま、立ち上がることさえできぬのだから、厠から出て行けるわけがない。それを承知の上で、騒ぎ立てているのだ。名の売れた剣客のやることではないが、なりふり構わず近藤を叩き潰しておきたいのだろう。

「退屈で欠伸《あくび》が出るわッ」

見物客の受けを狙って大声を上げたとき、

「お待たせして申し訳ありません」

と、線の細い色白の少年が進み出た。手には細身の木刀を持っている。

「近藤勇の一番弟子・沖田総司です。師が参りますまで、ご指南ください」

「よかろう」

比留間は立ち上がった。年若く女のように細い総司を見て、笑みを浮かべている。見て分かるほど、格下と侮《あなど》っていた。

ろくに防具もつけず、比留間は言う。

「どこからでも打って参られよ」

「では」

次の瞬間、総司の突きが炸裂《さくれつ》した。木刀が触れたとたん、比留間の身体が吹き飛んだ。近づいてみると、白目をむいて昏倒《こんとう》していた。

「ご指南いただき、ありがとうございました」

木刀を脇に納め、総司は頭を下げた。

それ以来、比留間道場の門人は減り、死ぬまで総司を恨んでいたという。

口癖のように、こうも言っていたらしい。

「ついでに近藤の馬鹿も殺してやる」

豚肉を食って厠でしゃがんでいただけで、しかも、ついでに殺される近藤は不運である。

しかし、その比留間半造も死んでしまった。

4

比留間道場の戸は簡単に開いた。鍵がかかっていないのだから当然だ。

「不用心だな」

「不用心も何も、今さら用心する必要はなかろう」

歳三は言ってやった。

比留間半造を始め、主だった門弟は麻疹で死んでしまっている。さらに、麻疹に罹らなかった弟子たちも、三々五々、どこかに行ってしまい、誰もいないのだから用心する必要はない。

比留間道場に歳三たちは足を踏み入れた。閉め切ってある道場は暗く、一寸先も見えなかった。

「提灯《ちょうちん》を持ってくればよかったですね」

暗闇の中で総司が言った。

不精をして持って来なかったわけではない。

夜道に提灯は目立つ。曲者《くせもの》を捕えようと夜回りをしているのだから、目立っては意味がない。それに加えて、夜闇に目を慣らしておきたいという理由もあった。

それにしても、この道場は暗すぎる。建物の造りがそうなっているのか、入って来た戸からの光も入らない。

試衛館には、真夜中に戸も窓も閉め切り、真っ暗闇で稽古をする〝闇討ち稽古〟がある。言うまでもなく、合戦の夜襲を想い描いたもので、五日に一度はこの稽古をしている。

その甲斐《かい》あって、試衛館の高弟たちは深い闇の中でも人の気配を感じ取ることができ、勘のいい総司に至っては、一寸先も見えぬ闇の中で蠅《はえ》の羽だけ斬ることもできた。

あまりの神技《しんぎ》に、近藤が呆れていた。

「達人というより、化け物の技だ」

総司ほどではないが歳三も闇は苦手ではない。大声では言えぬが、試衛館の主たる門人の中で最も〝闇討ち稽古〟を苦手としているのは、道場主の近藤だった。無器用なこの男ときたら、自分の気配を消すことができぬのだ。

今も気配を探ろうともせず、どたどた足音を立てては、弟子の総司に闇の中の様子を聞いている。

「総司、猫はどこだ？」

「どこにもいませんよ。だいたい、閉め切った道場に入り込めるわけないじゃないですか」

馬鹿馬鹿しそうに総司は言った。比留間道場に猫が閉じ込められていると言ったことなど、すでに忘れている。これも、いつものことである。頭に浮かんだことを口走っているだけで、総司は自分の言葉に責任を持たない。

怒ってもいい場面なのに、近藤は胸を撫《な》で下ろす。

「そうか。猫が閉じ込められていなくて何よりだ」

度量が大きいのか、ただの馬鹿なのか分からない。いずれにせよ、総司の上に立てるのは近藤だけだろう。歳三には無理だ。

「気が済んだら、早く外に出よう」

歳三は言った。誰もいないのは気配で分かるが、他人の道場のせいか居心地がやけに悪い。

疑問もあった。

人も猫もいないのは確かだが、すると、道場の外まで聞こえて来たがりがりがりの正体が分からぬ。

「早く外に出た方がいい」

歳三は言葉を重ねた。この暗闇から、一刻も早く逃げたかった。

「そうだな。猫がいないなら、こんな田舎道場に用はない」

近藤が緊張感の欠片もない欠伸をしたとき、何の前触れもなく、

ぼう――――

――――と、灯りがともった。


闇が押し退けられ、視界が開けた。

見れば、道場の四隅で細い蠟燭《ろうそく》が炎を揺らしている。

「何の真似《まね》だ、総司」

近藤はいたずら好きな弟子を、真っ先に疑った。

「何もしてませんよ」

のんびりした口調で言い返しながらも、総司の手は腰の刀を握っていた。無言のまま、歳三も鯉口《こいくち》を切った。

誰もいないのに蠟燭の火が点くはずはないが、依然として人の気配はなかった。しかし、

――誰かいる。

確信だった。

四隅の蠟燭を同時に点けるためには、少なくとも四人の手が必要である。

歳三や総司が気づかぬほど、見事に気配を殺すことのできる手練《てだ》れが潜んでいる。

そう思った。

――厄介なことになった。

と、舌打ちした。歳三は自分の腕を過信していなかった。自分より強い者などいくらでもいる。

ましてや、ここは他人の道場で、誰がどこに隠れているのか分かったものではない。

極端なことを言えば、抜け穴くらいあっても不思議はなかった。

三十六計《さんじゅうろっけい》逃げるに如《し》かず。

やはり、ここは一刻も早く、この場から離れるべきだろう。

「近藤さん、総司、出直そう」

踵《きびす》を返しかけたそのとき、開けっ放しにしていた戸から、

「わんッ、わんッ」

と、見おぼえのある仔犬《こいぬ》が入って来た。

人に慣れており、ぱたぱたと尻尾《しっぽ》を振っている。

「近藤さん、犬ですよ。かわいいな」

さっそく総司が抱き上げた。

近藤が猫好きなら、総司は犬好きだった。殊《こと》に、入り込んで来たような豆柴《まめしば》には目がない。

豆柴の頭を撫でながら、総司は言う。

「八房《やつふさ》ですよ。生きていたんだなあ」

八房というのは比留間道場の飼い犬だ。『里見八犬伝《さとみはっけんでん》』の八房からつけた名らしいが、身体に斑《ぶち》はなく、ただの柴犬である。〝麻疹〟で比留間らが死んだ後、総司は、

八房がどうなったかと気を揉んでいた。

総司ほど犬好きでない近藤は、八房を見て首を竦める。

「犬のしわざか。人騒がせな」

「まさか」

歳三は首を振った。

が、が、がりがりの音はとにかく、蠟燭を点ける犬などいるはずがない。

「近藤さん、犬のしわざじゃない――」

そう言いかけたとき、裏庭に続く戸がすうっと開き、青白い月の光が射し込んで来た。

こんなところに戸があるとは知らず、ぽかんとしていると、月の光に照らされて、一人の剣士が浮き上がった。歳三も近藤も、そして総司も、その剣士の名を知っている。

「何だ、生きていたのか」

近藤が呟いた。

現れたのは、〝麻疹〟で死んだはずの比留間半造だった。

二　比留間道場

1

「比留間、返事くらいしたらどうだ？」

何も言わぬ比留間に腹を立て、近藤が近づいて行く。

「近藤さん、行くな」

歳三は止めた。

どう見ても比留間の顔色は、死人のものだった。他流試合で交流があった縁もあり、歳三も近藤も比留間の葬式に参じている。墓に埋めたところまで見送った。生きているはずがない。

百歩譲って、死んだのが何かの間違いだとしても、比留間の様子は尋常ではない。

眼窩《がんか》が異様に落ち窪《くぼ》んでいるくせに、腐った魚の目にしか見えぬ濁った眼球が、今にも零れ落ちそうなほどに飛び出していた。

「変な痣《あざ》がありますね」

総司が比留間の額に目をやった。

確かに、額に目玉ほどの大きさの痣がある。ただの痣なら珍しくも何ともないが、文字の形をしていた。

「羊《ひつじ》ですかねえ……」

似ているが、羊ではない。

何と読めばいいのか分からぬが、歳三の目には〝羌〟に見える。

さらに言えば、比留間は呼吸をしていなかった。耳を澄ましても息を吸う音が聞こえない。目の前にいるというのに、生きている人の気配がまるで感じられないのだ。

総司に抱かれた八房も、かつての飼い主に向かって、ぐるるぐるると唸っている。飼い主に対する態度ではない。何が起こっているのか分からぬが、この男は歳三の知っている比留間とは別の何かだ。

しかし、近藤は何も気づかない。

「礼儀を教えてやるのも武人の務めだ」

毅然《きぜん》とした口振りで言い放つと、さらに比留間に近づいた。

手を伸ばせば届くところで、不意に立ち止まり顔を顰めた。

「きさま、におうぞ。風呂に入っておらぬのか？」

がさつな見かけによらず、近藤はきれい好きだった。歳三や総司が少しでも汗をかくと、「不潔はいかん。水でも浴びて来い」と口うるさい。

今回ばかりは近藤の言葉も的外れではない。

腐った溝《どぶ》のにおいが、比留間の身体から漂って来る。潔癖症《けっぺきしょう》の近藤でなくとも鼻を抓《つま》みたくなる。

「返事をしない上に、くさいとは何事だ」

近藤が比留間の胸を突き飛ばした。

それほど強く突き飛ばしたようには見えなかったが、比留間は引っくり返るように倒れ床に頭を叩きつけた。達人と思えぬ無防備な倒れ方を見て、近藤が慌てる。

「具合が悪いのか？」

無理やりに比留間の身体を起こした。その姿は、意志を持たない人形のように見えた。

「おい、比留間――」

心配そうに、近藤が顔を近づけた。

次の瞬間、信じられぬものが歳三の目に飛び込んで来た。

引っくり返った弾みに比留間の首がおかしな方向に曲がり、左の眼球が眼窩から垂れ下がっている。

永遠とも思える沈黙の後、八房を抱き締めた恰好で総司が口を開いた。

「……土方さん、やっぱり、死んでますよね？」

「ああ」

歳三は掠《かす》れた声で返事をした。明らかに比留間の首は折れている。それどころか、首の後ろから頸椎《けいつい》らしき骨が突き出ており、どこをどう見たって、完全に死んでいる。

首の折れた死体に目をやりながら、総司が問いを重ねる。

「では、どうして比留間さんは動いてるんですか？」

「知るものか」

歳三に同意するように、八房が「わん」と鳴いた。

戸惑う二人と一匹を尻目に、比留間が動き出した。山犬のように尖った牙《きば》を剝《む》き出しにして、近藤に噛《か》みつこうとする。

本来なら躱《かわ》せる距離ではないが、潔癖症の近藤の反応は速い。

「やめろッ。汚い歯を向けるなッ」

神技と言える動きでこれを躱したが、残念なことに、助け起こすために握った手を摑《つか》まれている。これでは逃げることができない。

「離せッ」

悲鳴を上げるが、その声は比留間に届かない。再び、近藤の首筋目がけて牙を突き立てようとしたとき、歳三が刀を走らせた。

すぱんッと音が響き、比留間の首が斬り飛ばされた。しかし、

「土方さん、まだ動いてます」

「わん」

総司と八房が怯えた声で言った。

首を斬られたにもかかわらず、比留間は倒れない。斬られた拍子に近藤の手を放しはしたが、ふらふらと歩いている。その姿は、斬られた自分の首をさがしているようだった。

「何だ、こいつは……」

ぽかんとした顔の近藤を、歳三は怒鳴りつける。

「近藤さん、早く逃げるんだッ」

返事をしたのは八房だった。

「わんッ」

総司の胸から飛び降り、とたとたと小さな足音を残して、道場の外へ逃げ出した。

「置いて行くなんて薄情だなあ……」

そう言いながら、総司が仔犬の後を追った。歳三と近藤も道場の外に飛び出した。

比留間道場から出たところで、歳三の足は止まった。行く手を塞《ふさ》ぐように、先に逃げたはずの総司の背中があった。立ち尽くす総司の足もとで、八房が「くうん、くうん」と尻尾を丸めている。

「なぜ止まるッ」

歳三の背後で、悲鳴の混じった怒声を近藤が上げた。

振り返れば、ずるずると足を引《ひ》き摺《ず》りながら、首のない死体——比留間が追いかけて来る。近藤の顔からは血の気が引いていた。

だが、顔面から血の気が引いているのは、近藤だけではなかった。

「何が起こっているんだ……？」

歳三は我が目を疑った。

「勘弁してくださいよ、土方さん」

「くうん」

「おれに言うな」

「じゃあ、誰に言えばいいんですか？」

「くうん？」

「知るか」

文句を言いたいのは、歳三も同じだ。信じられない光景が目の前に広がっている。

いつやって来たのか、呉服屋のご隠居から団子屋《だんごや》の若旦那、酒好きの大工に岡場所の女郎、果ては赤子を抱いた長屋のおかみさんまでが道場の前に立っていた。

騒ぎを聞きつけ、様子を見に来てくれたのなら歓迎だが、逆立ちしたって、そんなふうには見えない。

一人残らず、目の周りが黒ずみ落ち窪んでいる。比留間と同じような腐った魚の目をしていた。中には頰や額の肉が腐り落ち、骨が見えているものもあった。現れたのは、〝麻疹〟で死んだはずの連中ばかりだ。

そして、またしても〝羌〟の痣がある。

「みんな死人ですよ、土方さん」

「だから、おれに言うな」

歳三と総司のやり取りを聞いて、腐りかけた赤子がにやりと笑った。

「笑ってます、土方さん……」

「わん……」

総司と八房が後退《あとずさ》る。

「下がって来ないでくれッ」

近藤が悲鳴を上げた。

追いかけて来る剣士の数が増えている。

「比留間道場の連中だ」

死人であることは言うまでもない。蠟燭に火を点けた連中だろう。比留間の後方に四人いた。歳三は呻《うめ》き声を上げた。

前方からは腐りかけた町人の屍《しかばね》が、後方からは剣士の死骸が迫って来る。悪夢としか思えない。

重圧に耐え切れず、八房が飛び出した。

「駄目ですよッ」

八房の足は止まらない。仔犬とは思えぬほどの勢いで走っている。

しかし、逃げ切ることはできなかった。

恐ろしさのあまり、目をつぶったまま走ったらしく、死人の一人の脛《すね》にぶつかってしまった。呆気《あっけ》なく、「きゃいん」と地べたに転がった。

死人たちが群がって行く。

「コケてる場合かッ。早く立てッ」

思わず怒声を上げたが、仔犬は立ち上がらない。

「くうん」

八房は尻尾を丸め、両の前肢で両目を隠すような恰好で蹲《うずくま》っている。腰が抜けたのか、小刻みに震えている。

「八房ッ」

総司が飛び出した。滅多に上げぬ雄叫《おたけ》びを上げ、細身の刀を振り回す。

「りゃああッ」

沖田総司の刀は、菊一文字則宗《きくいちもんじのりむね》、細身の名刀で、その斬れ味は鋭い。

津波のように殺到する死人どもを斬り捨て、八房のもとに辿り着いた。

「もう大丈夫ですよ」

がたがた震える仔犬を抱き上げた。安心したように、八房が総司の身体にしがみつく。

「こっちも何とかしてくれッ」

背後で近藤が悲鳴を上げた。見れば、首なし比留間に抱きつかれている。斬り捨てようにも、しっかり抱きつかれ、近藤は刀を抜くことさえできずにいた。どす黒い腐った血が、近藤の顔を汚している。

「この汚いのを退けてくれッ」

その声は絶叫に近かった。

「近藤さんッ」

歳三は和泉守兼定《いずみのかみかねさだ》――〝ノサダ〟と呼ばれる太刀を手に走った。

人間無骨の異名を持つノサダは、人を熟れた野菜か果物のように斬る。

「邪魔な手だッ」

ノサダを走らせる。

次の瞬間、比留間の右腕がぼとりと落ち、近藤の身体が自由になった。

首なし死体を蹴り飛ばし、近藤は宣言した。

「早く帰って風呂に入るぞ。ひどい目に遭《あ》った」

帰るためには、町人の屍たちを倒す必要がある。

「こうなったからには、やるしかあるまい」

近藤は偽の虎徹《こてつ》を抜いた。日本橋の古道具屋で二束三文《にそくさんもん》で買い求めた刀で、子供が見ても偽物だと分かるのに、近藤は頑《かたく》なに本物の虎徹と信じている。その甲斐あってか、よく斬れた。

「三人で化け物退治だッ」

気勢を上げて歩き出したが、門の外に出たとたん足が止まった。

「おい――」

何か言いかけたが、その言葉は宙に浮いた。

足の踏み場もないほどの屍が、ひしめき合っていた。肉が完全に腐り落ちて、骨に弛《たる》んだ皮を張りつけただけの、古い死体もあった。小石川中の死体が集まっているように見える。

言葉を失う歳三と近藤を見て、総司が呟いた。

「厄日《やくび》みたいですね」

2

「歳ッ、どうするつもりだッ？」

近藤がいつもの台詞《せりふ》を口にした。

どうにか剣士の屍を斬り伏せ、歳三たちは比留間道場に引き返していた。

床に転がっていた比留間の首を放り出し、内側から閂《かんぬき》をかけた。ありがたいことに、四隅の蠟燭はまだ燃えていた。

がりがりと引っ掻く音に加え、ときおり、どしんどしんと体当たりする音が聞こえて来る。屍どもに取り囲まれていた。

「この建物、大丈夫ですかねえ」

「わん」

総司と八房が不安そうな顔をする。試衛館と同様、この道場も頑丈には作られていないようである。

「総司、その傷はどうした？」

歳三は聞いた。左腕から血が滲《にじ》んでいる。

「さっき噛まれたんですよ。嫌だなあ」

八房を助けるときに噛まれたという。深い傷ではないようだが、獣のような連中だ。

「狐《きつね》憑《つ》きの類ですかねえ」

「わん」

総司の言葉に、八房が同意した。

「あんな狐憑きがあってたまるか」

近藤が首を振った。

狐に憑かれて暴れるという話は聞いたことがあるが、首を斬られても動き回るという話は聞いたことがない。それに、狐が憑くのは生きた人間だろう。死体に取り憑く物好きな狐がいたとしても、何百匹もいなければならず、いくら小石川が田舎でも数が多すぎる。

「朝を待つしかあるまい」

歳三は言った。何らかの根拠があったわけではない。ただ、化け物の類なら、夜しか現れぬだろうと思っただけだ。しかし、

「朝までは無理みたいですよ」

「わん」

総司と八房の言葉を裏書きするように、閂を掛けた戸がみしりみしりと鳴り始めた。

「このおんぼろ道場めッ」

自分の道場を棚に上げ近藤が悪態を吐《つ》くが、押し込まれることを想定して建てられていないのだから仕方がない。

張り裂けんばかりにたわむ戸を見て、近藤が前に出た。

「ここはおれに任せておけ」

腰の刀の鯉口を切った。

「任せろって、どうするつもりです？」

「戦う」

近藤の返事は短かった。悲観的で間が抜けているが、近藤は憶病者ではない。門人である歳三と総司を救うため、本気で命を投げ出す気でいるのだろう。

「無理だ、近藤さん」

歳三は首を振った。

死人たちにぐるりと取り囲まれている。その数、百や二百では利かぬだろう。近藤一人が奮闘したところで、どうにかなる話ではあるまい。近藤を犠牲にして助かるつもりはなかった。

それでも近藤は諦めない。

「ならば、おれが囮《おとり》になる。連中の気を引くから、その間に逃げろ」

だから無理だ、と歳三が止めるのも聞かず、道場の戸の閂に手をかけた瞬間、耳をつんざく音が、
轟《ごう》ッ――

――と、鳴り響いた。

地べたが揺れ、八房が総司の胸に顔を埋めた。それから立て続けに轟音が鳴り、やがて静かになった。

八房の頭を撫でながら、総司が聞く。

「今度は何ですか、土方さん」

「おれに聞くな」

こっちが聞きたい。

「静かになったな、歳」

近藤が言った。

あれほどうるさかったがりがりや戸を押す音が消えている。しばらく待ったが、こと、とりの音もしない。

そのうちに痺《しび》れを切らせた。

「帰ったのかな」

そう言いながら、近藤が戸を開けた。とたんに、その目が丸くなる。

「……歳、これは何だ？」

比留間道場の庭が焼け野原と化していた。

火薬のにおいが漂い、まだ煙が燻《くすぶ》っている。地べたに目をやれば、比留間道場を取り囲んでいたと思われる死人たちの肉片が転がっていた。

歳三や近藤の目を奪ったのは、それだけではない。

門の手前に、巨大な大砲があった。大八車のような車輪の大きな荷車に載せられている。

その隣に人影があった。闇と煙が邪魔をして、誰がやって来たのか見ることができない。

「また化け物か？」

近藤が虎徹を握り直す。

歳三が返事をするより先に、人影が大声を上げた。

「助けに参ったぞッ」

聞きおぼえのない訛《なま》りの強い声だった。

「何者でしょうかね？」

総司が歳三に聞いた。近藤にせよ、総司にせよ、何かあるたびに歳三に聞く。八房までが、こっちを見ている。

「知らん。だが、水戸者《みともの》だろう。しかも、酒に酔ってる」

「どうして分かるんですか？」

「お国訛りだ。酔っているのも声の調子で分かる」

歳三は断定した。薬の行商で各地を歩いていたことがあるので、ある程度の訛りは聞き分けられる。酒毒に侵された酔っ払いの相手も、嫌というほどしている。

「へえ。八卦見《はっけみ》みたいですねえ」

「わん」

呑気に感心する総司と八房を尻目に、再び、近藤が歩き始めた。

さすがに刀に手をかけていないが、相手が誰だか分からないだけに、用心は解いていない。踵《かかと》を浮かすように歩いている。

助けてもらった以上、礼を言わなければなるまい。水戸訛りの人影に敵意があったとしても、大砲相手では隠れている方が危ない。

「総司、行くぞ」

「気が進まないなあ」

「わん」

そう言いながらもついて来た。

「試衛館の近藤勇と申します。助けてもらった礼を言いたい」

近藤が声をかけたとき、不意に、ひゅうどろどろと生ぬるい風が吹き、漂い続ける煙を飛ばした。

人影の姿が露《あらわ》になった。

小男ながら色白の恰幅《かっぷく》のいい男で、高そうな絹の羽織を着ている。手に持った大鉄扇《おおてっせん》には、〝尽忠報国之士《じんちゅうほうこくのし》　芹沢鴨《せりざわかも》〟と彫られていた。予想に違わず酔っ払っているらしく、鼻の頭あたりが赤い。

「また、おかしなのが現れましたねえ」

「わん」

小声で総司と八房が呟いた。

「会いたかったぞ、試衛館の豪傑たちよ」

そう言って、人影——芹沢鴨はからからと笑った。その顔は十年来の友に会ったようであり、やけに親しげだった。

「芹沢鴨だと？　……知らんなあ」

近藤が首を傾げた。

3

試衛館に帰ると、もう一人客がいた。

年のころは歳三と似たり寄ったりの二十五、六に見えるが、公家《くげ》のような気取った服装をしていた。細面《ほそおもて》の瘦《や》せた顔は上品で、本物の公家に見えぬこともない。

「やっと帰って来たか」

挨拶《あいさつ》抜きに瘦せた男は言った。口の利き方を知らぬのか、横柄な男である。どこから持ち出したのか、分厚い座布団に座り、上座から歳三たちを見下ろしている。真夜中に他人の家に上がり込んだ者の態度ではあるまい。

剣術道場をやっているだけに、近藤は礼儀にうるさい。

「他人の家に来たら、名乗らぬかッ」

痩せた男相手に、正論を口にしたとたん、芹沢が近藤の頭を押さえつけた。

「無礼な口を利くなッ、うつけ者ッ」

痩せた男に土下座《どげざ》している恰好になった。

そんな二人を前にして、痩せた男は平然としている。

「本物の公家ですかねえ?」

「わん?」

小声で総司と八房が歳三に質問する。

「知らん」

他に答えようがない。そもそも、公家など見たことがない。こそこそと話していると、芹沢の声が飛んで来た。

「そこの二人も頭を下げぬかッ。無礼者ッ」

「無礼はどっちだッ」

額を床に擦りつけたまま、近藤が怒鳴り返した。大鉄扇を軽々と操る姿を見ても分かるように、芹沢はかなりの力持ちらしい。必死に起き上がろうとする近藤の頭を押さえつけ、さらに歳三たちに声をかける余裕がある。大砲を手足のように操って見せた点といい、ただの太った男ではない。

その芹沢以上に謎《なぞ》なのが、公家のような形《なり》をした痩せた男だった。一癖も二癖もありそうな芹沢が、まるで家来のように頭を下げている。しかも、初対面のはずの近藤にも土下座を強要している。

「芹沢さん、その男は誰なんだい？」

歳三が聞くと、芹沢は小さな目をぎょろりと見開き喚《わめ》き立てた。

「無礼な口を利くなッ。このお方をどなたと心得るッ」

これでは水戸黄門《みとこうもん》の講談だ。

「分からないから聞いてるのに、ひどい返事ですねえ。こいつは理不尽《りふじん》だ」

「わん」

総司と八房が軽口を叩いた。鬼のような顔で芹沢が二人を睨む。

「何だとッ？　ふざけたことを抜かすと、犬鍋にするぞッ」

なぜか八房ばかりを脅しつける。

「くうん……」

「くうんではないッ」

怒り狂う芹沢を戒《いまし》めたのは、黙って成り行きを眺めていた痩せた男だった。

「大声を出すな、耳が痛くなる」

「しかし——」

「黙れと申しておるのだ。余の言葉が聞けぬのか？」

口振りこそ静かだが、高飛車《たかびしや》な言葉である。家来扱いされても、芹沢は怒らない。

「御意《ぎよい》」

いっそう深く頭を下げる芹沢を無視し、痩せた男は歳三に向き直った。

「七郎麿《しちろうまろ》だ」

「七郎麿……」

歳三は顔を顰めた。どこかで耳にした名だが、思い出せない。

「名前だけでは分からないですよ」

「わん」

総司と八房が口を挟んだ。芹沢に怒鳴られたくらいで、静かになる総司ではない。

歯軋《はぎし》りする芹沢を気にも留めず、痩せた男——七郎麿相手に言葉を重ねる。

「試衛館門人・沖田総司です。父は陸奥《むつ》白河藩士でした」

見かけがいいせいか、穏やかにしゃべると上品に見える。ぺこりと頭を下げた総司の腕で八房が尻尾を振った。

「わん」

「この犬は八房です」

真面目な顔で付け加えた。

仕方なく歳三も名乗り、頭を押さえつけられた恰好のまま、近藤も自分の名を告げた。

それを受け、七郎麿が口を開く。

「一橋家当主・七郎麿――一橋慶喜だ」

「何だって？」

歳三は聞き返した。

一橋慶喜？

悪い冗談にしか聞こえぬが、痩せた男は真面目な顔をしている。

近藤と総司は目を丸くし、心なしか八房まで驚いているように見える。

そんな一同の顔を見て、説明が足りぬと思ったのか、七郎麿は付け加えた。

「巷《ちまた》では〝豚一公《ぶたいちこう》〟と呼ばれている」

豚と聞いて、近藤の腹がぐるると下った。

4

一橋慶喜の名は日本中に鳴り響いている。

幼少のころから利発で、〝神君家康公《しんくんいえやすこう》の再来〟と噂され、長じてからは〝英雄〟と呼ばれている。傾きかけた幕府であったが、慶喜——七郎麿が将軍になれば立ち直ると信じられていた。

七郎麿が生まれたのは小石川の水戸藩邸で、試衛館の面々にも馴染《なじ》みがあった。近藤が豚肉を食ってみようと思ったのも、おそらく〝豚一公〟の影響だ。

「本物の一橋公ですかねえ？」

「わん？」

例によって、総司と八房が歳三に聞いた。

一橋慶喜——〝豚一公〟の名は知っていても、どんな顔をしているかは知らない。それより何より、一橋慶喜といえば遅かれ早かれ将軍となる貴人で、芋道場にやって来る人物ではない。偽物だと思うのが当然だろう。しかし、

「本物の一橋公だ」

歳三は断言した。

貧乏道場を騙《だま》しても仕方あるまいし、嘘をついても、相手が相手だけに調べれば簡単に分かる。それより何より、嘘をついている男の目ではない。

芹沢や七郎麿の登場で聞きそびれていたが、次期将軍が芋道場にやって来るより面《めん》妖《よう》なことがあった。

「比留間道場を囲んでいた、あのおかしな連中は何者ですか？」

精いっぱいの丁寧な口調で、歳三は七郎麿に聞いた。すると、聞きおぼえのない言葉が返って来た。

「〝ゾンビ〟だ」

「異国の言葉ですね」

「わん」

総司と八房が知ったかぶりをする。豚一公は異国にかぶれているという噂も有名だから、聞きおぼえのない言葉を耳にして適当に当て推量をしただけだろう。しかし、

「さあ。どこの言葉だろうな」

七郎麿は首を振った。総司以上に適当なもの言いだった。

相手が貴人であろうと、この返答では納得できない。死人としか思えぬ連中に取り

囲まれ、殺されかかったのだ。総司に至っては腕まで噛まれている。

無礼を承知で、歳三は聞く。

「知っていることだけでも、話してもらえませんか？」

「〝ゾンビ〟というのは、妖術によって〝生き返った屍〟のことだ。早く何とかせぬと、清国《しんこく》の二の舞になる」

七郎麿が話し始めた。


天保十三年（一八四二）、清国と英国の戦争が終わった。

清国のアヘン輸入禁止によって起こったところから、アヘン戦争と呼ばれていた。

自国の民を守るためアヘンを取り締まったが、それを不服とする英国と戦って破れ、アヘンが蔓延《まんえん》した。

清国は英国の半植民地となり、アヘンがいっそう広がった。町にはアヘンの吸引で廃人と化した貧民が溢れ、亡国の様相を呈していた。

文久二年（一八六二）に上海《シャンハイ》へ渡航した高杉晋作《たかすぎしんさく》は、その様子を見て英国のやりように憤慨《ふんがい》し、過激な尊王攘夷《そんのうじょういは》派となったと言われている。

「おかしな話がある」

七郎麿は言った。

荒れ果てた清国の港には、数え切れぬほどの死体が転がっており、烏たちに啄《ついば》まれていた。飢えた貧民の中には、死肉を喰らう者もいたという。

ある日を境に、そんな地獄絵図に変化が訪れた。

死体の数が減り、それを補うかのように烏の死骸が転がり始めた。人が烏を殺しているとしか思えぬが、滅びかけた清国の町には烏を退治する者など一人もいない。そのくせ、夜が明けると死体が消え、烏の死骸が転がるのだ。

不思議に思った何人かの役人が、夜の港の見回りを始めた。英国人の手先となり、民を苦しめている役人である。

不意に話を中断し、七郎麿は茶を飲んだ。

「どうなったんですか？」

「わん？」

総司と八房が話の先を促した。歳三も近藤も、話の先を知っているはずの芹沢でさえ七郎麿の話に引き込まれている。小石川の夜は静かで、七郎麿が黙ると物音一つ聞こえなくなる。人が死に絶えた町のように静まり返っている。

静寂《しじま》の中、七郎麿は話を再開した。

「翌朝、役人の死体が見つかった。首を噛まれていたという話だ」

数日後の朝にはその死体も消えたという。

「わん」

怯えた声で八房が鳴いた。

5

やがて港と離れた地域からも、死体が消え始めた。

本来なら大騒ぎになるところだが、アヘンに侵された清国人たちは薄笑いを浮かべるだけだった。廃人となり、生きているのか死んでいるのか分からぬ者も多い。

ただ、死人が動き出し、生者――英国人や英国人に尻尾を振った役人を殺しているという噂だけが広がった。清国人たちは動く死体を〝ゾンビ〟と呼んだ。少なくとも、英国人たちにはそう聞こえた。

英国人はその噂を鼻で笑った。死体が動き出すなんて話は、頭から信じていなかった。国を盗まれた腹いせに、清国人たちが殺人を犯していると考えたのだ。

戦争は終わっていない。ならば、英国人の取るべき手段は一つしかあるまい。「逆らう者は殺せ」と命令が下された。

町には、小銃を手にした兵隊が溢れた。多くは清人の兵隊で、彼らは命じられるまに──あるときは、殺戮《さつりく》を楽しむかのように、小銃の引き金を引いた。

アヘンの廃人とゾンビの見分けは難しく、実を言えば、最初から兵隊たちは両者を見分けようとしなかった。人影を見るたびに引き金を引いた。

アヘンに侵されている兵隊も多く、けらけらと笑いながら小銃を撃ち続けた。


ゾンビとやらの奇妙な事件は終わらなかった。

それどころか、夜が明けるたびに兵隊たちの数が減った。軍服を着た死体が転がることもあったが、放っておくと消えてしまう。アヘン中毒の廃人も増えており、夜になると、廃人だか死人だか分からぬ連中が歩き回っていた。

その廃人だか死人だか分からぬ連中に、軍服が交じっているという噂が飛び交った。腐りかけた身体をずるずる引き摺りながら、あてもなく彷徨《さまよ》い歩いているという。

「ゾンビになっちまったんだ」

清国人の兵隊たちが騒ぎ出し、英国人たちの顔色が変わった。ゾンビの群れの中に、英国兵が交じり始めたという噂が囁《ささや》かれるようになったのだ。

何人かの英国兵が徒党を組み、噂の真相を確かめようと夜の町に向かった。何かが起こっているのは確かだが、〝生き返った屍〟──ゾンビなどという話は信じられない。いや、信じたくなかった。

しかし、噂を消すことはできなかった。

──ほぼ全滅。

道案内に清人の少年をつけ、万全の態勢で臨んだというのに、帰って来たのは少年を含め、わずか二人だけだった。

少年は無傷だったが、英国兵は生きているのが不思議な状態であった。身体中に野犬か狼に噛まれたような傷を負い、部隊に帰って来るなり倒れ、不吉な言葉を残して死んだ。

「屍に喰われる……」

もはやゾンビの存在を疑う者はいなかった。

英国人たちは仲間の死体を骨も残らぬほどに焼いた。母国の遺族に伝えることもせず、冥福《めいふく》を祈ることさえしなかった。ただ、震えていた。

英国人たちの脳裏には、夜明けのほんの少し前──清国人の少年が帰って来たとき、その後を追いかけるように歩く、何百ものゾンビの姿が残っていた。その額には一人残らず痣があり、異国の文字のようであったが、英国人に読めなかった。読む余裕などなかった。

その日を境に、英国人たちは出歩かなくなった。母国に帰る者も多く、清国はゾンビの支配する国となった。

英国と清国によって箝口令《かんこうれい》が敷かれているが、すでにその話は漏れ始めている。

「この世の終わりだ」

母国に帰った英国兵の一人は、そう言って首を縊《くく》ったという。

三　労咳《ろうがい》

1

話し終えた後、七郎麿は試衛館の剣士に言った。

「そなたたち、ゾンビを退治してくれぬか？」

「馬鹿馬鹿しい」

歳三は吐き捨てた。

ゾンビとやらが馬鹿馬鹿しいのではない。実際に襲われたのだから、信じる他あるまい。歳三が馬鹿馬鹿しいと言うのは、七郎麿が試衛館に頼っていることだ。小石川の芋道場に、英国兵でさえ持て余した化け物を退治できるはずがない。そもそも筋が違う。

「押しつけるな」

歳三は言ってやった。

相手が一橋公だろうと、面倒を押しつけられるのは、ごめんだ。押しつけたいなら、幕府から禄《ろく》をもらっている旗本や御家人がいる。

「日の本の国を守るのは武士の仕事だ」

「あの連中にそんな力はない」

七郎麿は言った。

その言葉は嘘ではない。旗本や御家人という地位に胡座《あぐら》をかき、巷には、刀を抜くことさえできぬ名ばかりの武士が溢れている。

ゾンビどころか朝廷や雄藩《ゆうはん》を押さえることができず、幕府の権威は地に落《お》ちていた。人望もあり、幼少時から英邁《えいまい》と評判高い一橋慶喜が将軍になりたがらぬのは、幕府の終焉《しゅうえん》を見越しているからだと言われている。米国に言われるまま開国した一件を挙げるまでもなく、幕府に諸外国と折衝《せっしょう》する能力はない。

英邁であるがゆえ七郎麿は、大奥《おおおく》に嫌われ、さらに旧弊《きゅうへい》な幕臣たちから嫌われているという噂もあった。次期将軍と言われながら、ろくに味方もいないのかもしれない。

しかし、だからと言って、幕臣でさえない歳三や近藤が力を貸す義理などなかろう。

「関係ない話だ」

歳三が言うと、「歳の言う通りだ」と近藤が同意した。

「面倒くさいですものねえ」

「わん」

総司と八房も追随する。

このときまでは、本当に関係のない話だと思っていた。

七郎麿の頼みを断ってから、十日がすぎた。

あの後、「小石川の水戸屋敷にいる」と言い残し、七郎麿と芹沢は引き上げて行った。

夜中に出歩かなくなった以外、歳三たちの生活に変化はない。ゾンビにも七郎麿にも、二度と関わるつもりはなかった。近藤も「ふざけた話だ」と顔を顰めていた。

「剣呑《けんのん》な化け物のことなんぞ忘れましょう」

好奇心旺盛《おうせい》な総司でさえ、そう言っていた。

しかし、忘れることはできなかった。

試衛館で一番朝早く起きるのは総司で、殊に八房がやって来てからは夜明けの薄暗い時刻に起き出し、庭で仔犬と遊んでいる。

音に敏感な歳三は、総司の笑い声で目をさます。

「朝っ腹からうるさい男だ」

舌打ちしても暖簾《のれん》に腕押し、総司はくすくす笑いながら言い返す。

「土方さんは神経質だなあ」

「わん」

このごろでは、八房にまでからかわれる始末である。

試衛館の門人や居候たちは、同じ人間とは思えぬほどがさつにできている。近藤も女房のツネも眠りの深い体質《たち》らしく、総司や八房が騒いだくらいでは目をさまさない。道場が軋むほどの大地震があったときも、大鼾《おおいびき》をかいて眠っていた。

「地震で目をさますなんて、土方さんはかわいいなあ」

自分だって起きたくせに、総司はそう言って歳三をからかった。

かわいいだの、神経質だのと言われるのも面白くないので、注意するのをやめてしまった。

この日も、豆腐屋が起きる時刻より早く、総司と八房が騒ぎ出した。

「八房、わたしのことを悪者——土方さんだと思って、かかって来てください」

「わんッ」

絶対にわざとやっている。

この騒ぎは、たいてい稽古の始まる時刻まで続く。一刻も二刻も総司と八房の悪ふざけを聞かされるのが常だった。

しかし、この日にかぎっては、いつもと違っていた。

急に総司の声が聞こえなくなった。

一瞬の間を置き、わんわんッ、わんわんッと八房が大声で鳴き喚く。

最初は、例によってふざけているだけかと思ったが、そのうち八房の鳴き声に咳込む音が混じり始めた。

布団を跳ね飛ばし、歳三は庭に駆け降りた。すると、総司の姿が目に飛び込んで来た。

「総司……、おまえ……」

かける言葉が続かなかった。庭先で蹲《うずくま》り、総司は血を吐いていた。

「とうとう土方さんに見つかっちゃいましたね」

こんな時でも、総司はくすくす笑った。

労咳。

年寄りの町医者は、総司の病をそう診断した。病勢は目立たず進み、長い経過を辿る。微熱や寝汗、咳に始まり、進行すると喀血《かっけつ》する。治ることのない死病として知られていた。薬も処方せず、町医者は帰り際に言った。

「無理をせず、身体を労《いたわ》ることじゃ」

少し前から咳をしていることには気づいていたが、歳三を始め誰一人として総司の病に気づかなかった。

総司を寝かしつけ、近藤と二人きりになるのを待って、歳三は口を開いた。

「おかしい」

「ああ、間違っている。総司が労咳だなんて」

すっかり近藤はしょげていた。自分の身に何かあったときには、「総司に試衛館を任せる」と言うほどに総司のことを気に入っていた。若い総司が死病にかかるなんて、神も仏もない。近藤は嘆いた。

「そうじゃない」

歳三は近藤の言葉を遮《さえぎ》った。

危機に陥《おちい》ると、歳三の言葉は冷たくなる。気心の知れている近藤や総司は気にもしないが、知らぬ者は歳三の言いように鼻白《はなじろ》む。子供の時分から、血も涙もない冷血漢と言われることが多かった。

このときも、ぶっきらぼうに続けた。

「労咳なら、なぜ、誰にも感染《うつ》らない？」

労咳は他人に感染る病気である。同じ空気を吸っているだけでも感染ると言われ、着の身着のまま、長屋から追い出される労咳持ちも多い。

喀血したのだから、総司が労咳に罹ったのは昨日今日ではあるまい。咳なら、半年以上も前からしている。同じ空気を吸うどころか、寝食をともにしており、総司の他に誰も労咳を患《わずら》っていないのはおかしい。

近藤の返事は単純だった。

「それは鍛えてるからだろう」

「鍛えてない者もいる」

歳三は首を振った。

近藤の妻も一緒に暮らしているし、ただの居候もいる。鍛えることで労咳に罹らぬなら、総司が罹患するのはおかしい。何しろ、総司は試衛館で一、二を争う剣客なの

だ。しかも、

「あれは労咳の咳じゃない」

　断言できる。

　医者ではないが、歳三は家伝の石田散薬を売り歩いたことがあった。医者に診せず、歳三に病人の相談をする者も少なくない。何人もの労咳患者を見て来ていた。

「労咳の咳は、もっと嫌な音がする」

　上手く説明できないが、耳のよさには自信があった。

「しかし、医者は労咳だと――」

「ろくに診てない。血を吐いたと聞いて決めつけただけだ」

　小石川にかぎらず、いい加減な医者は多い。ろくに修業もせず、医者を名乗っている者も珍しくなかった。

「それじゃあ、総司の病気は何だ？　血を吐いて倒れたんだぞ？　ただの風邪《かぜ》ではあるまい」

　近藤の言葉に答えず、歳三は立ち上がった。

「どこへ行く？」

「気になることがある」

脳裏に浮かんでいたのは、ゾンビとやらに嚙まれた総司の腕の傷だ。十日もたつのに、治る気配もない。

「だから、どこへ行くと聞いているんだ。答えろ、歳」

「一橋公に会って来る」

歳三は言った。

2

試衛館から一橋邸は、さほど遠くない。あっという間に、無駄に大きな屋敷に着いた。

総司の異変を伝えると、一橋公——七郎麿はすぐ会ってくれた。

大広間で歳三と二人きりになった。留守にしているのか、芹沢鴨の姿はない。

「どうすれば、総司を救える?」

単刀直入に歳三は切り出した。

相手は貴人だが、言葉を改めるつもりはなかった。そんな余裕はない。おそらくだが、総司は労咳ではない。ゾンビに嚙まれたせいで血を吐いたのだ。

「分からぬ」

七郎麿は首を振った。嘘ではあるまいが、何も聞かずに帰るわけには行かない。

「総司はゾンビになるのか？」

歳三が聞くと、七郎麿は眉間に皺を寄せた顔で呟いた。

「たぶんだが、死ななければ大丈夫だ」

ゾンビというのは〝生き返った屍〟のことだ。一度死なないかぎり、ゾンビになることはないという。

七郎麿の話を聞いて、歳三は胸を撫で下ろした。

「じゃあ、総司は大丈夫なんだな？」

しかし、まだ安心するのは早かった。

「分からん」

何だと、と口を開きかけた歳三を制し、七郎麿は言葉を続ける。

「ゾンビに噛まれると身体におかしなものが入り込む。それに耐え切れず死ぬことも多い」

血を吐きながら、咳込む総司の姿が思い浮かんだ。医者が労咳と思うほどに、総司の身体は蝕《むしば》まれている。

「死ぬと必ずゾンビになるのか？」

「十中八、九、ゾンビになる」

七郎麿はそう言った。


歳三が飛び出して行った後、近藤は愛刀の虎徹を手に総司の枕もとに座っていた。一緒に一橋邸へ行こうとしたが、歳三に止められた。

――近藤さん、あんたは総司と一緒にいてくれ。総司を頼む。

頼まれたからには、枕もとを離れるわけにはいかない。雨戸を閉め切った部屋の中、八房と一緒に座り込んでいた。

難しいことは分からない。

試衛館の道場主だが、難しいことは歳三がやってくれる。不器用で竹刀《しない》を上手く使えぬ近藤に気を遣い、他流試合は総司が代わってくれる。

真剣での立ち合いなら負けない自信はあったが、歳三と総司も弱くはない。そもそも町道場で真剣を教える必要はなかった。

ゾンビ騒動の起こる前、近藤は二人に聞いたことがある。

「歳か総司が道場主をやった方がいいんじゃないのか？」

本気だった。歳三か総司なら安心して道場を任せられる。

「道場主は近藤さん、あんたしかいない」

にこりともせず、歳三は言い切った。

「土方さんが道場主になったら、みんな逃げ出しますよ」

くすくすと笑いながら総司が口を挟んだ。歳三は神経質で厳しすぎる。そう言いたいのだろう。

「おまえが道場主になったら、子供の遊び場になる」

歳三が言い返した。それも言いすぎではなく、総司と来たら近所の子供たちと遊んでばかりいる。

「しかし――」

近藤の言葉を歳三が遮った。

「あんたの他に道場主は無理だ。おれも総司も、あんただからついて行くんだ」

このとき、歳三や総司、そして他の門弟たちのために命を懸けようと近藤は心に誓った。

役立たずの道場主だが、命を捨てることはできる。何が起こるか分からぬ動乱のこの世の中で、自分より一日でも長く、歳三や総司、試衛館の門弟を生かすことが自分の役目だと思ったのだ。

「総司、おれより先に死ぬことは許さんぞ」

病に侵され、意識のない総司を脅しつけた。

不意に、八房が吠えた。

「わんッ、わんッ」

怒ったような顔をしている。

「静かにせぬとならぬぞ」

と、仔犬を戒めたとき、雨戸を叩く音が聞こえた。

「歳三か?」

近藤は雨戸の向こうに声をかけた。礼儀を知らぬ他の門弟たちと違い、歳三は声をかけてから戸を開ける。

「何か分かったか?」

返事を待たず、雨戸を開けようとした、そのとき、

すぱんッ——

――と、音が鳴った。

それから一瞬の間を置き、雨戸が地べたに落ちた。真っ二つに斬られている。

「くせ者かッ」

近藤の怒声に男の声が答える。

「くせ者ではない。おれだ」

夕暮れ時分の赤い太陽を背に受けながら、太った男が刀を手にしていた。

しかも、一人ではない。

その背後にはいくつもの人影があった。

手下を従えた太った男は言う。

「水戸《みと》天狗党《てんぐとう》、沖田総司の命をもらい受けに来た」

天狗党というのは、水戸藩で結成された尊王攘夷の一派のことで、こののち元治《げんじ》元年（一八六四）に筑波山で兵を挙げるも、幕府に討伐《とうばつ》されている。

その首領は、鉄扇を持った色白の太った男だという。そして、その男の名を近藤は知っている。つい先日、ゾンビに襲われたところを助けてもらったばかりである。

「あんたは芹沢鴨――」

近藤は太った男の名を呼んだ。

※

芹沢鴨は最近まで、〝芹沢鴨〟という名ではなかった。

かつての名を下村継次《しもむらつぐじ》と言い、尊王攘夷の志《こころざし》を抱いて、天狗党の一派である玉造組《たまつくりぐみ》を組織した。

京の都で狼藉《ろうぜき》を繰り返す名ばかりの志士と違い、天狗党──少なくとも下村継次は、日の本の国を守るために夷狄《いてき》を討とうとした。半植民地になった清国の惨状を噂に聞いており、愛する祖国を守ろうとしたのだ。

これが戦国時代であれば槍一本で戦える。しかし、時代は流れ、槍も刀も過去の遺物となり果てた。鉄砲や大砲がなければ喧嘩にもならぬ。本気で戦うつもりなら船もいる。それを買うには莫大《ばくだい》な金が必要だった。

金を貸してくれ、と商家に頭を下げた。もらうつもりはなかったし、日の本の国を守るため、二つ返事で貸してくれると思っていた。だから、刀も槍も持たず、丸腰で金策を頼んだ。

しかし、甘かった。

金を取りに蔵に行くという商人の言葉を信じ、待っていると水戸藩の役人がやって来た。有無を言わさず縛り上げられ、散々殴りつけられた挙句《あげく》、牢屋に放り込まれた。尊王攘夷をよしとせぬ幕府からの圧力があったと言われている。水戸藩の上士たちは天狗党を差し出し、自らの身の安全を図ろうとしたらしい。

――馬鹿な。

下村は絶望した。国難のこの時期に、商人は銭を惜しみ、武士は保身に走る。亡国の徒のやることだ。

何人もの天狗党の仲間が処刑され、下村も処刑されることが決まった。命など惜しくはない。ただ国を救えぬことが辛かった。憂国《ゆうこく》の志を抱いた仲間を、訳の分からぬ理由で処刑されるのが悔しかった。

が、事態は急変する。

首を刎《は》ねられる寸前、突如として赦免された。幕府の政策の転換があったとも、謹慎を解かれた一橋慶喜の意志があったとも言われている。

下村継次の名を捨て芹沢鴨を名乗り、浴びるほど酒を飲むようになった。それでも憂国の志は消えなかった。

——拾った命で日の本の国のために尽くそう。
鉄扇に〝尽忠報国之士　芹沢鴨〟と彫った。

四　門弟たち

1

「沖田総司を渡せッ」

芹沢鴨の怒声が響いた。

近藤は聞く。

「豚一公の命令か？」

「違う」

はっきりと首を振った。

「誰の命令でもない」

聞けば、水戸藩邸で歳三の話を立ち聞きし、独断でやって来たという。

「総司をどうするつもりだ？」

近藤は静かに聞き返した。まだ刀は抜いていない。出会って日が浅いが、芹沢のことは嫌いではなかった。気骨のある男だと思っている。

「ゾンビになる前に頭を叩き潰す」

芹沢は鉄扇で、熱に苦しむ総司を指し示した。

「何だと？」

「仕方のないことだ。了見しろ、近藤。沖田を人として死なせてやれ」

脳を破壊する以外に、ゾンビを倒す方法はない。そんなことを呟いた。

布団の前では八房が唸り声を上げている。八房は八房なりに、総司を守っているつもりらしい。

――門弟を守るのは、おれの仕事だ。

鉄扇の前に立ち、近藤は言い返す。

「総司はゾンビじゃない」

「時間の問題だ。ゾンビとして動き出してからでは遅い。比留間道場の二の舞になるつもりか」

苦虫《にがむし》を嚙み潰した顔で芹沢は言った。

比留間道場でゾンビどもに襲われたとき、芹沢が現れたのは偶然ではなかった。比留間半造の名は世に知れ渡っており、ゾンビを倒す剣士の一人として声をかけてあった。京の情勢に気を取られ、目を離した隙にゾンビとなったのは誤算だった。しかも、それを知ったのは、つい最近のことで、手を打つ暇さえなかったという。ちなみに、試衛館が名を上げたのは、比留間半造を打ち倒してからである。

芹沢の言うことを理解できぬわけではない。

倒幕だ、佐幕だと何も知らぬ連中は騒いでいるが、このままゾンビが増え続ければ、日の本の国そのものが滅びてしまう。ゾンビを増やさないために、嚙まれて感染したかもしれぬ総司を始末するのは、当然の処置なのだろう。

しかし、総司は渡せない。渡すつもりはなかった。

「ゾンビじゃない。試衛館の門弟の沖田総司だ」

近藤は虎徹を抜き、芹沢鴨を睨みつけた。

「邪魔をすると容赦《ようしゃ》せぬぞ」

芹沢の目が冷たく光った。

「望むところだ。総司を斬る前に、おれを斬ってもらおうか」

そう言い放ったとき、誰かが背後で笑った。

「近藤さんは本当にうるさいなあ。ゆっくり寝てられないですよ」

気を失っていたはずの沖田総司が立っていた。

いつの間にか、日が沈みかかっており、すでに周囲は薄暗い。いつにも増して、総司の顔は青白く、生気がなかった。まるで、死人のように青白い。

「総司――」

近藤の言葉を遮り、真面目な顔で総司は呟いた。

「まだ生きてますよ」

それから芹沢鴨に目を向けた。

「人を化け物扱いするなんて、芹沢先生はひどいなあ」

〝先生〟と呼んではいるが、近藤や歳三を相手にするような、気楽な物腰で芹沢に話しかけている。

頭を潰すと脅された男とは思えない。いつもと変わらぬ、陽気な総司だった。

心配顔の八房の頭を撫で、再び、芹沢に向き直った。

「芹沢先生、楽に殺してくださいね。今、そっちに行きますから」

「何だと？」

掠れた声で芹沢が聞き返した。芹沢も、天狗党の手下たちも、すっかり総司に呑まれている。

「おい、総司……」

引き止めようとした言葉は遮られた。

「死ぬのは自分一人で十分ですよ。近藤さんが死んだら、土方さんが泣きますよ」

相変わらず、総司はくすくす笑っている。笑いながら死のうとしているのだ。

おまえが死んだら、歳はもっと泣く。そう言ってやろうとしたとたん、総司の形《ぎょう》相《そう》が変わった。やさしげな笑みが影を潜め、目つきが冷たく尖った。

「総司、おまえ——」

最後まで言う暇さえなかった。

菊一文字を抜き、芹沢に向かって駆け出した。

総司の動きは素早い。

「何の真似だッ」

芹沢が怒声を上げたときには、すでに上段に刀を振り上げていた。

「りゃあッ」

気合一閃《いっせん》、細作りの刀が首を斬った。

生首が宙に舞い、ぼとりと地べたに落ちる。それを追いかけ、総司は生首の脳天に菊一文字をずぶりと突き立てた。

穏やかな顔つきに戻り、やさしい口振りで総司は言う。

「芹沢先生、お怪我はありませんか？」

総司が斬ったのは芹沢鴨の生首ではない。見おぼえのない男の生首だった。顔は知らぬが、何者なのかは分かった。生首を見れば、眼窩が落ち窪み、黒ずんでいる。ゾンビだ。しかも、尖った犬歯が剝き出しになっている。

総司が何をしたのか、ようやく分かった。誰よりも早く、芹沢に襲いかかろうとしたゾンビに気づき、それを倒したのだ。

「余計な真似をしおって」

芹沢が舌打ちした。

その言葉を聞き流し、総司はため息をつく。

「他の人たちを助けることはできませんでした」

申し訳なさそうに首を竦めた。

暮れたばかりの薄闇に目を凝らすと、いつの間にか、芹沢の背後に立っていたはずの手下が消え、総司が斬った首のない死骸だけが転がっていた。

「におうな」

「わん」

近藤と八房もそれに気づいた。周囲から腐臭——死体の腐ったにおいが漂っている。しかも、そのにおいは少しずつ強くなっていた。耳を澄ますまでもなく、四辺からひたひたと足音が聞こえた。何か——おそらく屍がやって来る。

「芹沢先生に殺される前に、ゾンビに喰われそうですねえ。嫌だなあ」

総司が呟いた。

2

近藤は試衛館の庭に駆け降りた。とうの昔に腹は括っている。

「おれが相手だ。化け物ども、かかって来いッ」

馬鹿か、おまえは——。芹沢の声が聞こえたが、馬鹿は承知の上だ。

雨戸がなくなった以上、ゾンビを防ぐ手立てはない。

自分一人が犠牲になるのなら、まだいい。しかし、奥には妻のツネや居候の門人、女中として行儀見習いにやって来た娘などが寝ている。

皆を守るためには戦うしかあるまい。近藤は虎徹を振り上げた。

「近藤さんはかっこいいなあ」

くすくす笑いながら、総司が隣にやって来た。からかうような口振りだが、何を考えているのか近藤でも分かる。一緒にゾンビと戦うつもりなのだ。

「総司、隠れていろ」

命令したが、総司は言うことを聞かない。

「隠れる場所なんてないですよ。それにゾンビに嚙まれてますから」

菊一文字を下段に構えた。この下段から、総司は神技としか思えぬ突きを出す。

そんな二人の背後で鼻を鳴らす者がいた。

「試衛館は馬鹿の集まりだな」

振り返ると、芹沢鴨が立っていた。笑みを浮かべる総司とは逆に、盛大に苦虫を嚙み潰した顔をしている。

「馬鹿と関わると、ろくなことがない」

愚痴《ぐち》りながらも刀を抜いている。この男もゾンビと戦うつもりらしい。

真面目な顔で総司は太った男に言う。

「芹沢先生、ゾンビに喰われますよ」

「助けられた以上、逃げることなどできるか。たわけ」

しきりに舌打ちする仏頂面《ぶっちょうづら》の芹沢を見て、再び総司が笑った。

「芹沢先生も可愛いなあ。土方さんといい勝負かもしれないいなあ」

「黙れ、総司」

近藤は一喝した。軽口を叩いている場合ではない。すでにゾンビどもの姿が見え始めている。腐った身体を引き摺りながら、屍どもがやって来る。

総司の言うように、隠れる場所も逃げ場もない。

「化け物退治を始めるぞ」

「面倒くさいなあ」

そう言いながら、総司がゾンビの群れに突っ込んだ。

芋道場の道場主にすぎないが、比留間半造を始め、〝達人〟と噂される剣士は何人も見た。

江戸三大道場——士学館《しがくかん》や玄武館、練兵館《れんぺいかん》の高弟たちの試合も見ている。

そんな名のある剣士たちと比べても、総司の剣は見劣りしなかった。身体つきが細く力比べでは勝てぬだろうが、それを補うほどに総司の動きは素早い。戦い慣れているはずの近藤や歳三でさえ、総司の動きについて行けぬ。

「あいつは天才だよ、近藤さん」

滅多に他人を誉《ほ》めない歳三までもが、そんなことを言った。

「総司が本気になったら、おれや近藤さんもお手上げだ」

歳三の言葉は嘘でも大袈裟《おおげさ》でもない。素質とやらがまるで違う。ただ、総司は本気にならなかった。いつだって、ふざけている。目を離すと稽古から抜け出し、近所の子供と遊んでいた。

それを咎《とが》めると、とんでもないことを言い出すのが常だった。

「剣術はそんなに好きじゃないんです」

「では、なぜ、試衛館《ここ》にいる？」

「そりゃあ、近藤さんや土方さんのことが好きだからですよ」

真面目な顔でそう言った。

やはり総司は天才だった。

闇を駆けながら、次から次へとゾンビを仕留めて行く。総司の通った後には、屍の残骸が転がった。

「何者だ、あの男は……」

芹沢が目を丸くする。

総司の突きは速いだけではない。寸分違わず、ゾンビの急所――眉間を突き刺している。生き返った屍を子供扱いしていた。

比留間道場のときは敵の正体さえ分からなかったが、今は頭を斬ればいいという情報がある。

「よし。おれも加勢するぞ」

近藤は虎徹を振り回した。

偽物とはいえ、〝虎徹〟の斬れ味は図抜けている。石灯籠《いしどうろう》を刃毀《はこぼ》れ一つせず斬ることができた。近藤はその虎徹を自分の手足のように操る。

虎徹の刃がゾンビの額を斬って行く。ざくりッと音を立て、額から上が斬り落とされ、腐りかけた脳漿《のうしょう》が飛び散った。

精緻《せいち》を極めた剣ではないが、近藤もまた一騎当千《いっきとうせん》の剣士であった。

近藤と総司の刃の前に、ゾンビどもが倒れて行く。弱点が分かっている以上、化け物だろうと恐れるに足りぬ。近藤は虎徹を握り直した。

「一匹残らず斬り殺すぞッ」

と、声をかけたとき、総司の動きがぴたりと止まった。崩れ落ちるように地べたに膝を突き、咳込み始めた。

「おい、総司――」

総司は血を吐いていた。苦しそうに着物の胸のあたりを摑んでいる。

動けなくなった総司に、ゾンビどもが襲いかかる。助けようにも距離が離れすぎていた。しかも、二人の間には何匹ものゾンビが立ちはだかっている。

「総司ッ」

守ると決めたのに、大声を上げることしかできなかった。

ゾンビの手が総司に触れる寸前、疾風《しっぷう》が走り、嵐に巻き込まれたように屍どもの身体が弾き飛ばされた。

いつの間にか、総司を庇《かば》うように太った男が立っていた。ゾンビを睨みつけながら、野太い声で言う。

「血を吐いとる場合か、沖田」

「芹沢先生は厳しいなあ」

ひとしきり咳込んだ後、総司は自分を助けてくれた太った男――芹沢鴨に言った。

3

芹沢鴨は器用な男だった。

右手に大太刀、左手に鉄扇のおかしな二刀流で、群がるゾンビどもを打ち倒して行く。総司のように突くのでもなく、近藤のように撫で斬りにするでもなく、大太刀と鉄扇を操り、ゾンビの脳天を砕くのだ。

「芹沢先生は強いなあ」

総司が感心している。死にかけようと総司は変わらない。度胸があるのか、ただの馬鹿なのか、近藤には分からない。口を開けば軽口を叩く。

「ふん」

芹沢は鼻で笑いながら、満更でもない顔をしている。斬りに来たはずが、総司に誑《たら》し込まれたらしい。

「無駄口を叩いている暇があったら戦わぬか」

再び、総司が動き始めた。先刻ほどの切れはないが、近藤と芹沢が補った。三者三様にゾンビを打ち倒して行く。しかし、

「きりがない」

芹沢が吐き捨てた。

次から次へと屍がやって来る。数が増え続けているだけではなく、夜が深くなるにつれ、ゾンビどもの動きが俊敏になっている気がする。

困ったことは、それだけではない。

「刀が斬れなくなって来ましたね」

総司が肩を竦めた。

刃こぼれこそしていないが、血脂《ちあぶら》で斬れ味が鈍り始めていた。拭いても拭き切れぬほどの血脂が、近藤と総司の刀にまつわりついていた。

しかも、隣に目をやれば、刀と鉄扇の二刀流でゾンビの頭を叩き潰していた芹沢の息が上がっている。

「芹沢先生、お酒の飲みすぎですよ」

総司がたしなめた。

近藤も芹沢の酒くささには気づいていた。太っている上に酒を飲んでいては、息が上がるのも当然である。

「余計なお世話だ」

言い返すが言葉に力がない。

虎徹と菊一文字は斬れなくなっているし、ゾンビをよく知る芹沢がこれでは勝てるはずがない。このままでは共倒れになろう。

ゾンビどもに虎徹を向けながら、近藤は総司に言う。

「おれが囮になる。歳を呼んで来い」

一橋家の水戸屋敷にいるはずだ。七郎麿に事情を話し、手勢を連れて来てくれれば試衛館は救われる。もちろん、総司を逃がしてやりたいという思いもあった。しかし、総司はうなずかない。

「無理ですよ」

きっぱりとした声でそう言った。

この期《ご》に及んで言うことを聞けぬか、と近藤は腹を立てている。

「何だと？」

「怒ったって仕方がない。走る元気なんぞ残っていませんよ」

そう言って咳込んだ。見れば、胸のあたりが血で濡れている。ゾンビを斬りながら、再び血を吐いたらしい。顔色が、初雪のように真っ白になっている。

「終わりだな」

芹沢が呟いた。

数え切れぬほどのゾンビどもが、じりりじりりと距離を詰めて来る。先頭のゾンビを斬ることができても、次は防ぎ切れまい。三人の命は風前の灯火《ともしび》であった。

「くそッ」

諦め切れない近藤に向かって、芹沢は言う。

「おれと沖田を殺して、頭を潰せ、近藤」

「何を言っている?」

聞き返したが、芹沢の言わんとしているところは明白だ。

ゾンビに嚙まれて死ねば、比留間半造や他の連中のようにゾンビになる。そうならぬためには、前もって頭を潰し、脳を破壊しておくしか方法がなかった。

「近藤さん、わたしの始末も頼みます」

総司までがそんなことを言い出した。

「おまえ……」

「ゾンビになんてなりたくないですから」

真面目な顔で呟いた。近藤だって、腐った身体で歩き回る総司の姿なんぞ見たくはない。

「早くしろ、近藤」

芹沢の声が背中を押す。芹沢も総司も、刀を振り上げる力さえ残ってないようだ。

近藤は刀を握り直した。仲間の介錯《かいしやく》をするのは武士の習いだ、と自分に言い聞かせた。

しかし、近藤にはできなかった。ぽとりと虎徹が地べたに落ちた。

「総司を斬るなんて、おれにはできん」

「馬鹿者ッ、早く刀を拾えッ」

芹沢が怒鳴りつけたが、すでに手遅れだ。

一斉に、ゾンビどもが飛びかかって来た。

——終わった。

なすすべもなく観念した次の瞬間、
ぶしゅりッ——

——と、肉を穿《うが》つ音が響いた。

近藤らに襲いかかることなく、ゾンビどもの足が止まっている。見れば、屍の胸に槍が突き刺さっている。

こんな芸当のできる槍使いは、一人しか知らぬ。いつやって来たのか、背後に人の気配があった。

「左之助、おまえか」

近藤は試衛館一の槍使いの名を呼んだ。

4

「さっきから、うるせえですよ、近藤さん」

近藤より六つ若い男が文句を言った。

この男の名は原田左之助。試衛館に居候しているが、正式な門弟ではない。伊予松山藩《いよまつやまはん》の中間《ちゅうげん》だったが、上役と喧嘩をして出奔《しゅっぽん》して来た男だ。

刀もそれなりに使うが、得意とする武器は他にある。宝蔵院流槍術《ほうぞういんりゅうそうじゅつ》。十文字槍を使う。

宮本武蔵《みやもとむさし》と戦ったと言われている宝蔵院胤舜《いんしゅん》を始め、達人の多い流派であった。だが、宝蔵院流槍術を極めているというわけではない。左之助の技は未熟で宝蔵院流を名乗るのが烏滸《おこ》がましいほどだ。実際、道場での立ち稽古では総司や歳三に遠く及ばない。槍を使っても歯が立たなかった。それでも、

「左之助は苦手だなあ」

総司は嫌がった。

「強引すぎる」

歳三が眉間にしわを寄せた。

左之助の攻めは強引で、力任せの無鉄砲だった。理屈も何もあったものではない。その意味では、気迫重視の近藤に似ている。

左之助の他にも人影があった。

「これ、左之助。口の利き方に気をつけぬか」

井上源三郎《いのうえげんざぶろう》が現れた。近藤より五つも年上で老けた顔をしているせいもあって、総司と並ぶと親子に見える。近藤、歳三、総司にこの井上を加え、〝試衛館四天王〟と呼ばれることもあった。

他にも、総司と同い年の藤堂平助や、神道無念流《しんとうむねんりゅう》の達人・永倉新八《ながくらしんぱち》ら、試衛館の冷や飯食いたちが立っていた。皆、刀や槍を手にしている。

「おまえら、どうして……？」

「どうしてもこうしてもないでしょう」

答えたのは、眼鏡のよく似合う落ち着いた感じの男だった。

山南敬助《やまなみけいすけ》。

仙台藩士《せんだいはんし》であったというが、正確なところは誰も知らない。試衛館の中では珍しく学問のある男で、近所の子供たち相手に寺子屋の真似事をやったりする。総司も子供たちと机を並べ、文字や算盤《そろばん》を教わっており、「山南先生、山南先生」と慕っていた。

達者なのは学問だけではない。剣の筋もよく、試衛館にやって来る前に小野派一刀流《おのはいっとうりゅう》の免許皆伝となり、さらには北辰一刀流も使う。文武にすぐれた才人と言っていい。

しかも、人望があり教え方も上手い。新入りの門人たちは、まず山南に教えを乞う。そのためか、総司以外の古参との間には壁があった。近藤や歳三とは人種が違う。同じ釜の飯を食っているのが不思議なくらいだ。

「山南先生、助けに来てくれたんですか?」

総司の言葉に山南はうなずき、秀才らしい落ち着いた口振りで言う。

「簡単に言えば、そういうことです。この騒ぎを聞いて、放っておけませんよ」

芹沢が雨戸を斬り落としたとき、変事に気づいたらしい。

すぐに駆けつけなかったのは、近藤の妻や手伝いの女中たちを奥の部屋に誘導していたからだという。

山南は用心深い。鼻につくことも多いが、頼りになるのは確かだ。

「この連中は何者ですか？　盗人ですか？　それとも道場破りですか？」

山南は聞いた。当然と言えば当然の話だが、ゾンビに取り囲まれているとは思っていない。暗闇に紛れているため、屍だと気づいていないのだ。近所の連中が顔を出さぬのも同じ理由だろう。巻き添えを恐れて固く戸や窓を閉しているに違いあるまい。

「話すと長くなる」

近藤は言葉を濁した。この状況を上手く説明できる自信はない。

だが、説明する必要はなかった。

左之助の槍を受けたゾンビが、
ゆらり――――

――――と、立ち上がった。

槍を胸に突き刺したまま、こちらに向かって来る。その他のゾンビたちも、再び動き始めた。肉が腐り落ち、骨ののぞいている屍も多かった。一目で死体だと分かる。

「何です……？　これは……」

いつも冷静な山南が息を呑んだ。左之助や源三郎を始め、他の門弟たちも呆然《ぼうぜん》とした顔をしている。

「ゾンビですよ、山南先生。こいつらを倒さないと、みんな喰われちゃうんですよ」

総司が答えた。

「言っている意味が分からない。理解に苦しむ」

そう言いながらも、山南たちは戦い始めた。

味方は増えたが、ゾンビはそれ以上に増えていた。そして、刻一刻と増え続けている。

力任せに脳を叩き潰して行く左之助や、耳から細身の刀を突き刺し、最小限の力でゾンビを始末して行く山南の活躍はあったが、倒すより新手がやって来る方が早い。

「何て連中だッ。くそッ」

左之助が舌打ちする。

急所を突かぬかぎり動き続けるゾンビだけに、手も足も出ぬ門弟も多かった。

誰も彼もが追い詰められて行く中、総司がきょろきょろと何かをさがしている。

「何をしている？」

血脂で重くなった刀を振るいながら、近藤は聞いた。

「八房がどこかに行ってしまったんですよ」

泣きそうな顔で総司が答えた。

芹沢に斬られそうになったときでさえ笑っていたというのに、拾って来たばかりの仔犬を心配して泣きそうな顔をしている。

――おかしな男だ。

首を捻る近藤に、総司は聞く。

「ゾンビに喰われてしまったんですかね」

「さあ」

他に答えようがない。八房のことなど気にもしていなかった。

「近藤さんも総司も何をしゃべってやがるッ。おしゃべりは、こいつらをぶっ倒してからにしろッ」

左之助の怒声が飛んで来た。

今度ばかりは、源三郎も左之助を戒めなかった。口を開く余裕がないのだ。

芹沢の動きは完全に止まり、他の門弟たちも増え続けるゾンビを相手に苦戦している。

「くッ」

山南の舌打ちが聞こえた。

見れば、刀をゾンビに持って行かれたらしく、無手になっている。

しかも、屍どもの渦中で獅子奮迅《ししふんじん》の働きをしていたのが災いし、小柄な山南の身体が隠れてしまうほど、多くのゾンビに囲まれていた。

「山南先生ッ」

総司が悲鳴を上げたとき、犬の鳴き声が聞こえた。

「わんッ」

ゾンビの間を縫うように、八房が走って来た。必死な顔で総司の胸に飛び込んだ。

一緒に死線を潜り抜けたせいか、何となく八房の考えていることが分かった。

八房を助けようとして総司は嚙まれた。それを恩に思い、命を捨てて総司を守ろうとしているのだ。普段でも総司から離れようとしない。

今だって、逃げれば逃げられたのに戻って来たのだ。

「男だ……。八房、おまえは男だ……」

八房の男気に胸を打たれて涙ぐむ近藤を尻目に、総司が仔犬の頭を撫でている。

「八房、生きていたんですね」

「わん」

そして、やって来たのは八房だけではなかった。

馬の嘶《いなな》きが聞こえた。

小石川の闇に目を凝らせば、馬に乗った人影と、その手勢らしき影があった。馬の嘶きに驚いたのか、ゾンビたちの動きが止まった。追い詰められていた門弟たちが息をつく。

「八房、土方さんを連れて来てくれたんですね」

総司が仔犬の頭を撫でた。土方や七郎麿が助けに来てくれたと思ったのだろう。しかし、

「くぅん……」

八房が首を振った。申し訳ないと言わんばかりの顔をしている。豚を食って、腹を壊したときの顔によく似ている。

「嫌な予感がする」

胸が騒いだ。近藤の嫌な予感はよく当たる。むしろ、最近では、嫌な予感しか当た

らない。

蹄《ひづめ》の音が近づいて来た。馬としか思えぬのに、その音はやけに軽かった。

「あれは一橋公ではない」

芹沢が言った。精も根も尽き果てたという顔で地べたに座り込んでいる。

「豚一様じゃないとすると、誰なんですか?」

総司の問いに答えるように、月明かりが輝いた。

その明かりに照らされ、土方でも七郎麿でもない、馬上の人影が浮かび上がる。

——骸骨《がいこつ》だった。

辛《かろ》うじて髪と皮膚は残っているものの、肉は一片も残っていない。干からびた骸骨が骨の馬に跨《またが》っていた。

骨と皮しかないくせに威風堂々《いふうどうどう》としており、周囲のゾンビどもに一目置かれているように見える。そして、その骸骨のことを芹沢は知っていた。

「吉田松陰《よしだしょういん》のゾンビだ」

芹沢鴨が教えてくれた。

※

後に〝幕末〟と呼ばれることになるこの時代、吉田松陰の名を知らぬ者はいない。芋道場の近藤でさえも、その名を知っている。

文政《ぶんせい》十三年（一八三〇）、吉田松陰は毛利《もうり》長州《ちょうしゅう》藩士《はんし》の次男坊として生まれる。五歳の時、山鹿《やまが》流《りゅう》兵学《へいがく》師範《しはん》として毛利家に仕えていた吉田家の養子となり、翌年、養父の死により吉田家を嗣《つ》いだ。天保十年（一八三九）には十歳にして藩校明倫館にて家学を教授し、その翌年の十一年には藩主毛利敬親《たかちか》の面前で『武教全書《ぶきょうぜんしょ》』を講じ、評判となる。

秀才である上、藩主のおぼえもめでたく、長州藩の重臣として活躍することが期待されていた。

しかし、松陰は長州藩に留まらなかった。風雲急を告げる時代が、留まることを許さなかった。

嘉永《かえい》三年（一八五〇）、松陰はアヘン戦争での清の敗北と惨状を知る。山鹿流兵学が時代遅れになったことを痛感し、このころより西洋兵学を学び始める。平戸や長崎に遊学し、清や西洋の書物を読み、異国人とも交流したと言われている。

「異人からゾンビのことを聞いたのだろうな」

芹沢は言った。

この年から松陰は、激動の世に身を投じて行く。

翌四年、通行手形なしで他藩に赴《おもむ》くという脱藩行為を行い、その後、脱藩の罪で士籍家禄を奪われている。藩主の信頼も厚い重臣が、一転、帰る家のない科人《とがにん》となってしまう。

それでも松陰は立ち止まらなかった。

嘉永六年（一八五三）にはロシアの軍艦に、安政元年（一八五四）にはペリーの艦隊に密航を企《くわだ》てるが、いずれも失敗に終わる。

密航は大罪であるが、松陰は逃げも隠れもしなかった。失敗に終わったその足で、幕府に自首して江戸の獄舎に投ぜられた。萩《はぎ》の野山獄《のやまごく》に送られ獄囚生活が始まるが、松陰は囚人たちに慕われた。囚人たちを相手に世界情勢を語り、『孟子《もうし》』を講義したと言われている。

一年に及ぶ獄囚生活の後、松下村塾《しょうかそんじゅく》の実質的な主催者となり、高杉晋作や伊藤博文《いとうひろぶみ》、山縣有朋《やまがたありとも》、吉田稔麿《よしだとしまろ》に講義している。吉田松陰を師と仰ぐ志士は多い。

師と仰がれるようになっても、松陰は過激な行動を続けた。

やがて破滅が訪れる。

安政五年（一八五八）、勅許《ちよつきよ》を得ずに幕府が日米修好通商条約を結ぶと、激しく反対し、討幕を声高に表明した。老中首座の間部《まなべ》詮勝《あきかつ》の暗殺を企てた罪で、再び投獄されてしまう。

「このままでは、この国は滅んでしまう」

そんな言葉を残して、江戸小伝馬町《こでんまちよう》の獄で斬首刑に処された。まだ三十歳にもなっていなかった。

松陰の死を悼《いた》む声が町中に溢れた。教えを受けた志士は言うに及ばず、松陰を処刑した幕府にも心酔者がおり、斬り落とした首をわざわざ縫いつけ、懇《ねんご》ろに弔《とむら》ったという。

そんな中、奇妙な噂が流れ始める。

――吉田松陰は死んでいない。

丈夫な身体の持ち主だったわけではない。

実際、嘉永三年ごろの長崎遊学の際、原因不明の高熱に侵され、血を吐いている。

清人の少年に嚙まれたというが、今となっては確かめようもなく、どこまで本当のことか分からない。

噂の発端は、弟子である高杉晋作宛てに書いた、一通の手紙だった。

死して不朽の見込みあらばいつでも死ぬべし
生きて大業の見込みあらばいつでも生くべし

意味することは明白で、力ずくで処刑から松陰を救おうとした晋作を戒める手紙である。

それがいつの間にか、

──死んでも朽《く》ちることがない。

と、松陰が言ったという話にすり替わった。明日をも見えぬ動乱の中、松陰の復活を望む者は多く、噂はどこまでも広がった。

噂を裏書きするように、吉田松陰の死体は消えている。

志士たちの誰もが、松陰の帰りを待っていた。

5

「あいつが江戸ゾンビの親玉だ」

芹沢鴨が吉田松陰の屍を指さした。

いつの間にやら、ゾンビどもが松陰の屍を取り巻いている。その姿は守っているようにも、命令を待っているようにも見えた。

地べたから立ち上がり、芹沢が馬上の松陰を睨みつけた。

「やつの目的は倒幕だ」

異国から言われるがまま国を開いた幕府に失望した者は多い。

清国の二の舞となり、国が滅びるかどうかの瀬戸際だと言うのに、いまだに幕府は権力闘争を繰り返し、英邁の評判高い七郎麿――一橋慶喜を将軍に就《つ》けようとすらしない。

しかし、芹沢の言葉には違和感があった。憂国の士である吉田松陰が、国を傾けるようなことをするとは思えなかった。倒幕だの佐幕だのと争っている場合ではない。修好通商条約の名の下、異国は日本の国土を狙っている。

下らぬ争いは国力を削ぎ、異国の介入を招くばかりである。争いの末、倒幕をなしえたとしても、次にやって来るのは異国の軍隊だ。無理な倒幕は亡国につながる。そのくらいのことを吉田松陰が分からぬはずがない。

するど、残された可能性は一つだ。

「まさか……」

「まさかって何だ、近藤さん」

左之助が聞き咎めた。この男は気が短い上に、あまり自分で考えるということをしない。試衛館の門弟の中でも図抜けて血の気が多く、放っておけば、ゾンビの群れに突っ込みかねない。

「まさかはまさかだ」

近藤は答えた。

「いいから松陰に手を出すな。口で説明するより、もっと簡単なことがある。説明している時間はない。おれが許さん」

左之助は納得しない。

「手を出すなって――」

「うるさい。黙れ」

乱暴な言葉で左之助を制し、虎徹を渡しながら総司に言う。

「左之助が暴れたら、斬っていいぞ」

「はい」

真面目な顔で総司がうなずいた。例によって面白がっているだけなのか、近藤と同じことを考えたのか分からぬが、とにかく左之助の番を請け負ってくれた。

「おい、近藤さん――」

何か言いかけた左之助を遮り、吉田松陰の屍に声をかける。

「大将同士で話をしたい。今から、そっちに行く」

返事を待たずに歩き始めた。

芹沢や左之助が喚いているが、近藤は振り返らなかった。総司が何とかしてくれるだろう。

一歩、進むごとに腐臭が強くなる。ゾンビどもがざわめき始めた。

喉《のど》が腐り落ちているせいか、ゾンビどもは人の言葉をしゃべることができぬようだ。獣の咆哮《ほうこう》にも似た唸り声が、だんだんと大きくなって行く。

十重《とえ》二十重《はたえ》に、ゾンビに囲まれたが、恐ろしくはなかった。

松陰に言わなければならぬことがある。だから、近藤はゾンビの群れに飛び込んだ。近藤の考えていることが的外れでも、ゾンビに喰われて死ぬだけだ。万が一、ゾンビになっても、総司や左之助、それに歳三も残っている。ちゃんと始末をつけてくれるだろう。

――いい仲間を持った。

今さらのように近藤は思う。連中がいるから、近藤は男らしく振舞うことができるのだ。後のことを心配せずに、生きることができる。

今にも襲いかかって来そうなゾンビどもを無視して、再び松陰に声をかける。

「試衛館の近藤勇です。吉田松陰先生」

屍相手に頭を下げた。武人として礼節を尽くすべき相手だ。

さらに松陰に歩み寄ろうとしたとき、庭に転がる枯れ枝を踏んでしまった。

ぱきり。

大きな音が鳴った。

その音に弾かれたかのように、ゾンビどもが動き出した。牙を剝き、近藤に襲いかかって来た。

「ちッ」

舌打ちしたが、丸腰の近藤に逃げ場はない。

「近藤さんッ。危ないッ」

左之助の怒声が響く中、

ひゅうッ――
――と、音が鳴った。

立て続けに、ひゅうッ、ひゅうッ、ひゅうッといくつも鳴った。ひ、ゅうッ、の音を追いかけ、ずぶりッという音もした。

近藤に噛みつこうとしたゾンビどもの身体が、どさりと崩れ落ちた。見れば、矢が眉間に突き刺さっている。

さらに、矢の飛んで来た方向に目をやれば、三《み》つ葉《ば》葵《あおい》――徳川家《とくがわけ》の旗が見えた。夜の小石川に、将軍家の紋がはためいている。

「助かったようだよ」

芹沢鴨が呟いた。

「わん」

なぜか、八房が返事をした。

ひらひらとはためく旗の下で、細身の貴人が大弓を構えていた。男は丸腰の近藤を見て、端正な顔を軽く顰めた。

「まだ死なれては困る」

七郎麿――一橋慶喜は言った。

ゾンビを射殺したのは七郎麿だった。

「ずいぶんいるようだな」

独り言のように呟き、流れるような優雅な所作で大弓を引き続ける。百発百中だった。一本も外すことなく、その矢はゾンビどもの眉間に命中する。何本かは、屍の額に浮かんだ〝羌〟の痣を貫いていた。

父である水戸烈公《れっこう》に武芸を仕込まれたという噂は聞いていたが、ここまでの腕前とは思わなかった。

援軍は七郎麿だけではなかった。近藤の耳に聞き慣れた声が響いた。

「進めッ」

土方だ。

一橋の兵を率いて、歳三が突っ込んで来た。ゾンビの群れを斬り飛ばしながら、一直線にこちらに駆けて来る。馬にこそ乗っていないが、その姿は戦国時代の武将のようであり、預かったばかりの一橋の兵を手足のように操っていた。

やがてゾンビどもを斬り伏せ、近藤のもとに辿りついた。そして、

「あんた、本物の馬鹿だな」

にこりともせず言い放った。その間にも、土方が率いて来た兵たちが、試衛館に群がるゾンビを始末して行く。

一橋家の兵だけあって、厳しく訓練されていることが分かる。無表情にゾンビを斬って行くその姿は、不気味なほど落ち着いていた。

近藤の目には、武士がか弱い町人を惨殺しているように見えた。

「歳、乱暴すぎやしないか」

近藤の口から、そんな言葉が零れ落ちた。物心ついたころから木刀を振るって来た。強くなりたい一心で稽古を積んで来たが、それは弱い者を叩くためではない。

「甘いことを言っている場合か」

歳三が顔を顰めた。そのくせ、目の奥が笑っている。たぶん、近藤が止めるのを待っていたのだ。

やることは容赦ないくせに、いつだって甘い言葉を待っている。

頭も切れ統率力もある歳三を、自分の代わりに道場主にしようと思ったことがあった。その方が試衛館が大きくなると思ったのだ。

近藤の言葉を皆まで聞かず、歳三は首を振った。

——おれはやりすぎる。

——本当に、そうですよ。

近所の猫と遊んでいた総司が口を挟んだ。

——土方さんが大将になったら、みんな切腹させられちゃいますよ。嫌だなあ。

あながち冗談とも言えない。歳三は他人を律し、自分を律する。風紀を乱す者を誰より嫌う。息苦しいほどに融通の利かぬところがあった。

——土方さんに任せたら駄目ですよ。

真面目な顔で総司が言った。

歳三の命令は的確で容赦がなかった。

一橋の兵士に加え、左之助ら試衛館の門人を使い、瞬く間にゾンビどもを壊滅に追い込んだ。七郎麿でさえも歳三の指図に従った。

——信じられん男だ。

近藤は瞠目《どうもく》する。

歳三の通った後には、数え切れぬほどの骸《むくろ》が転がっている。ゾンビよりも歳三の方が恐ろしく見える。

気づいたときには、近くにいるゾンビは吉田松陰だけになっていた。

「これで終わりだ」

歳三がノサダを振り上げ、松陰の屍を斬ろうとする。

刃を向けられても、松陰はぴくりとも動かない。馬上から遠くを見ている。何か言いたげに見えた。

「待て、歳」

見ていられず、近藤は二人の間に割り込んだ。ノサダを振り上げたところに割り込んだせいで、危うく斬られかかった。

「いい加減にしてくれないか」

歳三が舌打ちする。松陰を斬り捨て、さっさと終わりにしたいのだろう。

しかし、近藤は引かなかった。

「吉田松陰と話させろ」

ろくに話もせず、松陰を斬らせるつもりはなかった。しかも、相手は寸鉄も身に帯びていない。丸腰の相手を斬り殺しては、〝試衛館・天然理心流〟の名が廃る。

「刀を納めろ、歳」

近藤は命じたが、歳三も引かない。ノサダを構えたまま言い返す。

「そいつは吉田松陰じゃない。ただのゾンビだ。しゃべることだって、できやしない」

どんな高潔な男でも、ゾンビになったとたん生前の人格は失われ、人を襲うことしかできぬ人喰い化け物になるという。

「同情しても無駄だ」

脳も喉も腐り落ち、ただの残骸として町を徘徊《はいかい》し、朽ち果てるまで生者を襲い続ける。話の通じる相手ではない。歳三はそう言った。

いつだって土方歳三は正しい。少なくとも、近藤よりは理屈の通ったことを言う。七郎麿と話したのだから、ゾンビの知識もあるだろう。歳三の言葉に従った方が無難なのは分かっていた。

だが、納得できぬものは納得できない。

「吉田松陰に聞きたいことがある。刀を下ろせ、歳」

二人の間に沈黙が流れた。殺気立った目で歳三が睨みつけて来たが、近藤は目を逸らさなかった。松陰と話す必要があったし、歳三に丸腰の相手を斬って欲しくなかった。

やがて、歳三がため息をつき、慣れた手つきでノサダを鞘に納めた。

「迷惑な大将だ」

理屈に合わぬ近藤の言葉を聞いてくれたのだ。

「今さらですよ、土方さん」

「わん」

いつの間にか、総司と八房がそばにいた。首を竦めながら、近藤のやろうとしていることに賛成してくれている。いつだって、文句を言いながら、二人は近藤について来てくれる。歳三と総司がいてくれるおかげで、近藤は〝男〟でいることができる。

「すまぬ」

皆に頭を下げ、吉田松陰の屍に向き直った。干乾びているせいで近づくまで気づかなかったが、松陰の額にも〝光〟の痣があった。その痣が何を意味するのか、いまだに分からぬが、おそらくすべてがつながっている。このゾンビ騒動には理由があるのだ。

「あんたが日の本の国を守ろうとしたことは分かっているつもりだ」

近藤は語りかけた。

清国に溢れたゾンビどもは、最新兵器を携《たずさ》えた英国兵を圧倒したという。

それを聞いたとき、兵法に疎《うと》い近藤でさえも、ゾンビになれば夷狄に勝てるのかと思った。秀才の誉《ほま》れ高い松陰が、ゾンビの力を利用することを考えなかったわけがない。

アヘン戦争について聞き、黒船を見た今となっては、西洋と日本の武力の差は明白で、幕府が倒れようと存続しようと侵略されるのは目に見えている。

日本を救うためには、身を捨てるしかない。幕末の世で、〝志士〟と呼ばれる者は誰もがそう思っている。実際、何人もの志士が命を散らしている。

吉田松陰が選んだのは、ゾンビとなることだった。ゾンビならば夷狄に勝てる。日本を守ることができる。

だから、松陰は長崎に行き、異国の船に密航しようとした。きっと、ゾンビをさがしていたのだろう。

罪人相手に講義をし、松下村塾に人材を集めたのも、ゾンビとなる仲間をさがしていたのだろう。

しかし、松陰はやさしすぎた。

高杉晋作を始めとする弟子たちをゾンビにすることができず、一人で決着をつけようとした。

結果は悲惨なものだった。脳が腐り落ち、松陰はただのゾンビになった。気高い志を抱いていたはずの吉田松陰が、人を襲い続けるだけの化け物になり下がった。

しかも、ゾンビ禍《か》は日本中に広がっており、異国より先にゾンビに滅ぼされかねない。

一人よがりの思い込みかもしれないが、近藤は松陰に呼ばれたと思っている。例えば、比留間道場で初めてゾンビに囲まれたときのことだ。

突然、四隅の蠟燭が点ったが、後で考えると違和感がある。

本気で近藤らを喰い殺すつもりなら、蠟燭をつける必要はない。近藤たちを生かそうとしているとしか思えない。

私心のない吉田松陰が、近藤らを生かそうとする理由は一つしかあるまい。

――日の本の国を救うこと。

「あんたの無念はおれが晴らす」

近藤は約束した。

すると、松陰の頭が傾いた。うなずいたように見えたが、そうではなかった。ぼろりと身体の一部が崩れ、その拍子に首が傾いただけだった。

「おい――」

かける言葉を見失った。

朽ち始めているのだ。

他の屍と違い、松陰の身体は即身仏《そくしんぶつ》のように干乾びている。松陰が首を斬られてから、すでに三年の月日が流れている。干乾びたおかげで今まで保っていただけで、いつ朽ち果てても不思議はない。

聞きたいことはたくさんあったが、おそらく、松陰の屍に、それほどの時は残されていまい。

「どうすれば、このゾンビ騒動を治められる?」

この世から消えて行こうとしている吉田松陰に聞いた。

それさえ分かれば、総司を救うことができるかもしれない。ゾンビに侵されかかった日本を救えるかもしれない。

「教えてくれぬか、松陰先生」

教えを乞うが、答えてくれない。ゆっくりと塵《ちり》になって行く。

「頼む――」

さらに聞こうとする近藤の肩を歳三が叩いた。

「近藤さん、無駄だ。吉田松陰はもう死んでる。あんたの言葉は通じてない」

「勝手に決めるな、歳」

歳三の手を振り払った。その身は朽ち果てようと、日本の行く末を思って、ゾンビになった松陰の志を信じていた。ぼろりぼろりと崩れ続ける松陰に向かって、近藤は言葉を重ねる。

「あんたの無念は、おれが晴らす。だから、どうすればいいか教えてくれ」

松陰の屍が微かに笑った――ように見えた。

一瞬の間を置き、崩れかけた口から掠れた声が聞こえた。

「……京へ行け」

「京のどこだ?」

「キョ……ウ……」

異人の名のように聞こえた。やはり、松陰は何かを伝えようとしている。

しかし、それが最期の言葉だった。

吉田松陰の身体のすべてが塵と消えた。

五　千葉《ちば》さな子

1

近藤が道場に門弟や居候たちを集めたのは、その翌日の昼下がりのことだった。

試衛館の道場には、医者に行っている総司と八房を除く、すべての門弟が顔を揃えている。皆に言っておきたいことがあると言い出したのだ。

何の前置きもなく、近藤は言う。

「今日から歳が道場主だ」

一瞬の沈黙の後、歳三がため息をついた。

「近藤さん、あんたは何を言ってるんだ？」

「しばらく江戸を留守にする。生きて帰って来られぬかもしれない」

髑髏の守り袋を握り締め、口をへの字に結んでいる。この顔になったら、何を言っても無駄である。止めても聞かぬ顔だ。豚鍋を食うと言い出したときも、この顔をしていた。

だからと言って、放っておくわけにはいかない。歳三は聞く。

「一人で京の都に行くつもりか？」

「歳……」

近藤が目を丸くした。ただでさえ大きな目が飛び出しそうになっている。

「なぜ、分かった？　千里眼か？」

ふざけているわけではなく、心の底から驚いているのだった。

道場に並ぶ門弟たちが、いっせいに、ため息をついた。一人残らずあの場所にいて、松陰の最期の言葉を聞いている。総司がゾンビに嚙まれたことや近藤の性分を知っていれば、何をするつもりか分からぬ方がどうかしている。

歳三は話を進める。

「京でキョウとやらをさがすつもりか？」

雲を摑むような話だ。キョウが何者なのか——そもそも人なのかも分かっていない。それに加えて、不安なことがある。

「あんた一人じゃあ無理だ。京の都にさえ着かない」

歳三は言ってやった。

「無礼なことを言うな」

「無礼じゃない。事実だ」

この大雑把《おおざつぱ》な男が、一人で旅などできるわけがない。着の身着のまま飛び出して、江戸を出る前に迷子になるのが関の山だろう。

「おれも行く」

歳三は言った。近藤が言い出す前から決めていたことだ。日本の行く末や吉田松陰の無念なんぞ知ったことではないが、総司を放っておくことはできない。

「駄目だ。道場を見る者がいなくなる」

自分の身勝手を棚に上げて、近藤が顔を顰めた。本気で、試衛館を歳三に押しつけるつもりでいたらしい。

「必要ないですよ」

そう言ったのは山南だった。

「どういう意味だ？」

聞き返す近藤に、山南が真面目な顔で答える。

「皆、土方さんと同じ考えです」

「同じ……？」

「一緒に京に行きますよ」

山南の言葉に、他の門弟たちがうなずいた。

こうなることも、歳三には最初から分かっていた。相手がゾンビだろうと、総司を
——仲間を見捨てる男は試衛館にはいない。

そっぽを向いて近藤が呟いた。

「馬鹿ばかりだな」


試衛館を閉めて京の都に行くと決めたが、総司を置いて行くつもりでいた。近藤たちの妻子と一緒に、七郎麿の手配した屋敷で面倒を見てもらえる手筈になっている。

しかし、総司は言うことを聞かなかった。

「一人だけ留守番なんて嫌ですよ」

仲間外れにされた子供のように口を尖らせた。

「京は遠い。身体が保たんだろう」

出先でゾンビになったら、どうするつもりだとは言えなかったが、勘のいい総司は

歳三の意を汲《く》んだ。

「ここでゾンビになる方が危ないですよ。誰が止めるんですか？」

その通りだ。訳の分からぬものに噛まれてしまった以上、最悪の事態も考えておかなければならない。

総司がゾンビになった場合、それを斬るのは歳三か近藤の役目だろう。しかも、

「町はひどいことになっていますよ。のんびり寝てる場合じゃない」

珍しく真面目な顔で総司が言った。

「分かっている」

近藤が顔を顰めた。

日一日と状況は悪化していた。病で死ぬ者が増えている。

麻疹に続き、コロリが流行ったと巷では言われているが、その多くはゾンビの害である。その証拠に死体が消えている。

松陰の屍のように、身体が腐り切れば消えてしまうが、それを待っていては手遅れだ。誰も彼もがゾンビになってしまう。

「京の都も、どうなってるか分かりませんよ」

これも脅しではない。

どこまで広がっているか分からぬゾンビに加え、志士を名乗る浪人や得体の知れぬ連中が跳梁《ちょうりょう》している。

そんな中で、松陰の言葉だけを手がかりに、キョウとやらをさがすのは命懸けになるだろう。不逞《ふてい》浪人どもはともかく、何匹ものゾンビを斬り伏せるには、信用できる手練れの仲間が必要だ。総司の身体を気遣って、全滅しては意味がない。歳三の決断は早かった。

「総司を連れて行こう、近藤さん」

そう言って近藤の顔を見た。

渋い顔のまま、近藤は黙り込んでいる。総司を連れて行くべきか決めかねているのだ。

再び、総司が口を挟む。

「駄目って言っても一緒に行きますよ」

「わん」

八房も一緒に行くつもりらしい。

苦虫を嚙み潰した顔で、近藤が口を開いた。

「お悠《ゆう》さんはどうするつもりだ？」

その名を聞いたとたん、総司の顔に影が差した。

「どうもしませんよ。だって、最初から何もありませんから……」

暗い声で独り言のように呟いた。

「くうん……」

心配そうに八房が総司の顔を見た。

お悠というのは、京の町医者・半井玄節《なからいげんせつ》の娘である。

京の都は荒れ果てており、人斬りや商家に押し込む不逞浪人どもが、大手を振って歩いている。

年ごろの娘をそんなところに置いておけぬと、かねてより知り合いだった近藤の養父を頼り、半年前に、小石川の田舎にやって来た。以来、行儀見習いを名目に試衛館で暮らしている。

お悠が総司に惚れているのは、色恋に鈍い近藤でさえ知っていた。

「総司も嫌いではあるまい」

分かりきったことを近藤は言った。

医者の娘らしく、お悠は近隣の年寄りの世話を焼いたりするが、その隣には、医者道具の入った風呂敷包みを持って付き添う総司の姿があった。道場で木刀を握っているときよりも、ずっと楽しそうな顔をしていた。

江戸を離れるということは、お悠とも離れなければならない。相手がゾンビだけに、二度と帰って来られぬ可能性もある。

「お悠さんと残れ。夫婦になれ」

近藤は言うが、総司はうなずかない。嫌々をする子供のように首を振り、小さな声で呟いた。

「あんないい娘が、わたしなんぞと一緒になってくれませんよ」

2

歳三は忙しかった。

試衛館を閉めて京へ行くと決めたはいいが、旅の支度や道場の後始末など、やらなければならぬことが山積みだった。

旅の支度については、七郎麿が請け負ってくれた。

かねてから見どころのある浪士に目をつけており、〝浪士隊《ろうしたい》〟として京の警護をさせるという。上手く行くかどうか知らぬが、少なくとも路銀の心配はなくなった。

それより手間取る仕事があった。江戸に残る門弟たちの片付け先さがしである。一緒に京に行くと誰もが言ってくれたが、人には事情というものがある。親の世話をしなければならぬ者もいれば、赤子が生まれたばかりの者もいる。結局、かなりの数が小石川に残ることになった。

「京に行かぬ者が食うに困らぬようにしてやれ」

簡単に近藤は言うが、一朝一夕《いっちょういっせき》にできることではない。方々の道場に頭を下げ、ようやく目処《めど》がついたときには年が明けていた。二月には上洛《じょうらく》のため小石川の伝通院に集まることになっている。出発のときは近かった。

そんな中、試衛館に招かれざる客がやって来た。

「沖田総司はいますかッ」

門の方から若い娘の声が聞こえた。腹の底から声を出しているらしく、屋敷中に響いた。

「何の騒ぎだ」

歳三は舌打ちした。今日にかぎって道場には誰もいない。旅支度を整えるため、一橋邸に行っていた。歳三は一人残り、帳簿をめくりながら金勘定をしていたところである。

「誰もいないのですかッ」

女の声が、また聞こえた。無視しようかと思ったが、声を聞くかぎり帰りそうにない。癇に障るほどの大声を出している。

「大声を出すな。今、行く」

怒鳴り返しながら、道場の戸を開けると、白い稽古着姿の二十四、五の女が立っていた。色が浅黒く、凛々《りり》しい顔立ちをしている。紫が好きらしく、紫染めの袴《はかま》に、髪も紫色の紐《ひも》で縛っている。

歳三は顔を顰めた。

――面倒な女が来た。

そう思った。

江戸の剣術界で、この女を知らぬ者はいない。歳三は言うに及ばず、近藤より名が通っていた。

千葉さな子。

北辰一刀流桶町《おけまち》千葉道場主・千葉定吉《さだきち》の二女にして、免許皆伝の腕前を持つ女剣士である。その実力は折り紙つきで、安政三年には宇和島藩伊達《うわじまはんだて》家の姫君の剣術師範を務めていた。

美貌でも知られ、〝千葉の鬼小町〟などと呼ばれている。年端《としは》も行かぬ宇和島藩の若殿に、結婚を申し込まれた逸話もある。

浮いた話は他にもあった。

桶町千葉道場で塾頭を務めていた坂本竜馬《さかもとりょうま》という男に惚れ、婚約を交わしたらしいが、一緒になることなく独り身を通している。

坂本竜馬とやらもおかしな男で、さな子と別れたかと思えば、土佐藩《とさはん》を脱藩した上、また千葉道場に顔を出し、今度は米国帰りの幕臣・勝海舟《かつかいしゅう》に弟子入りしたという。

——訳の分からぬ男に惚れたものだ。

とは思うが、歳三には関係のない話である。

本来なら、交わることのない相手だが、今回にかぎっては思い当たる節があった。

「先日は世話になった」

歳三は頭を下げた。さな子の千葉道場に、江戸に残る何人かの門弟を引き取ってもらったばかりだった。礼を尽くさなければならぬ相手である。

「連中が何かしましたか？」

歳三は聞いた。

桶町千葉道場と言えば、江戸でも指折りの大道場だ。よく知らぬが、格式も高く礼儀もうるさかろう。その大道場で芋道場の門弟たちが、さっそく、いざこざを起こしたと思ったのだ。

——気取った道場に馴染めるわけがない。

試衛館が一番だという自負もあった。

だが違った。

「本日、お伺いしたのはそのことではありません。もっと大切な用事があって参りました」

さな子はきっぱり首を振った。

「大切な用事……？」

歳三は戸惑う。門弟たちが問題を起こしていないなら、千葉道場の娘と話すことはない。しかも、どう見ても、さな子は怒っている。

「土方様や近藤様ではなく、沖田総司に伺いたいことがあって参りました」

さっきよりは落ち着いているが、相変わらず呼び捨てにしている。

「あんたが総司に用事？」

聞き返すばかりの歳三を見て、鬼小町は言葉を続ける。

「お悠さんのことです」

——そっちか。

忙しさに紛れ、すっかり忘れていたが、お悠を桶町千葉道場に預けていた。

「お悠さんがどうかしたのか？」

「喉を突いて死のうとしました」

想像すらしなかった返事を聞いて、歳三は息を呑んだ。

「それは——」

歳三を遮り、さな子は言う。

「沖田総司に嫌われたと泣いています」

娘の目が潤《うる》んだ。

ここで泣かれては困る。歳三は慌てて首を振った。

「嫌ってはいない」

「ならば、どうして別れを告げたのですか？」

さな子は柳眉《りゅうび》を逆立てた。泣かれるよりはいいが、問い詰められても困る。

「男には男のやることがある」

苦し紛れに、出任せを言った。自分でも上手い言い訳とは思えぬが、まさか総司がゾンビになりかけているとは言えない。言っても信じないだろう。

「ごまかさないでくださいッ」

さな子がいっそう怒り出した。実際に、ごまかしているのだから返す言葉がない。

むっつりと黙り込んでいると、鬼小町が畳みかけて来た。

「男に生まれたというだけで、そんなに偉いのですか？　男にはやることがあると言えば、それで済むと思っているのですか？」

そこまで言われると、かちんと来る。そもそも、別れる別れないは総司とお悠の問題で、歳三はもとよりさな子にも関係あるまい。

「うるさい女だ。だから、坂本とやらに愛想を尽かされる」

歳三は言ってやったが、言ったとたんに後悔した。

――おれはどうかしてる。

女相手に悪態を吐くなど、男のやることではない。謝ろうとしたが、上手く言葉が出て来なかった。

泣くかと思ったが、さな子は泣かなかった。血の滲むほど唇を噛み締めた後、妙に落ち着いた口振りで歳三の名を呼んだ。

「土方様」

さな子に名を呼ばれ、なぜか胸がどきりとした。

「何だ?」

ぶっきらぼうに聞き返した。責められたら謝ろうと思っていたが、娘の口から飛び出したのは、剣士らしい言葉だった。

「坂本様に捨てられたさな子に、稽古をつけてください」

千葉の鬼小町は言った。


四半刻(三十分)後、歳三とさな子は、ひとけのない試衛館の道場で対峙《たいじ》していた。丁寧なことに、二人そろって面をつけている。

——やっぱり、おれはどうかしてる。

行き場のない門弟を引き取ってもらったという恩はあるものの、さな子に稽古をつけてやる理由はない。しかも、稽古と言っても、さな子の様子を見るかぎり、本気で打って来るだろうことは予想できた。道場破りと違いはない。

「やめておかないか」

今さらのように歳三は言った。

「逃げるのですか?」

さな子は許してくれない。

「おれは試衛館の門弟ではない」

実を言えば、試衛館での歳三の立場は曖昧《あいまい》なものだった。

試衛館は天然理心流の道場だが、歳三はそれを学んだことがない。出入りするようになったころ、近藤の養父にして先代の道場主・周助《しゅうすけ》に教わろうとしたが、教えてくれなかった。「わしより強い相手に教えることはない」と、近藤にまで歳三に教えることを禁じてしまった。

だから、歳三は天然理心流を使えなかった。持っている技は、すべて自分で工夫したものばかりである。

「試衛館は関係ありません」

ならば、いっそう歳三は関係がない。やはり、坂本に捨てられたと口を滑らせた、先刻の言葉を根に持っているのだ。

歳三は逃げ口上を重ねる。

「総司を待てばよかろう」

「問答無用ッ」

さな子が飛び込んで来た。

北辰一刀流の使い手は、山南を始め試衛館にも何人かいる。歳三自身、何度か道場をのぞいたことがあり、知り尽くしていると言っていい流派だ。

田舎剣法と違い、北辰一刀流の剣技は巧緻《こうち》を極めている。しかも、さな子の剣尖《けんせん》は鋭い。竹刀稽古では、歳三よりもさな子の方が明らかに上だ。

耐え切れず歳三は後ろに下がった。苦し紛れに籠手《こて》を打ったが、さな子にツバで受けられた。

「くっ」

完全に受けられたと舌打ちしたとたん、思いがけぬことが起こった。さな子の手から竹刀が落ちた。歳三の籠手を受け切れなかったのだ。もちろん、それは技の差ではなく、男と女の力の差だ。

——終わった。

だが、安堵《あんど》するのは早かった。

「まだ負けておりませんッ」

さな子が飛びかかって来た。

審判がいない以上、どちらかが「参った」というまで稽古は続く。竹刀を落とされたくらいで諦めるな、と試衛館でも教えていた。

竹刀を落とされても、さな子は素早い。瞬く間に歳三の腰に組みついた。相手が男であったなら、投げられていただろう。

しかし、体格が違いすぎる。さな子は小柄で、歳三と並ぶと子供のように見える。足腰の強い歳三を投げられるわけがなかった。

「無理だ。あんたの負けだ」

取っ組み合いには自信がある。馬鹿力の近藤や左之助と相撲《すもう》を取っても、滅多に負けなかった。

「負けておりませんッ」

さな子は無理やりに投げようとする。

――まだ、やるつもりか。

歳三は驚いた。女だてらに本気で歳三に勝とうとしている。

負けてやろうか、と柄にもないことを考えたが、慌ててその思いを振り払った。相手が〝千葉の鬼小町〟だろうと女に負けるわけにはいかない。加減をしながら床に投げた。怪我をさせては、それこそ面倒だ。

自然と覆《おお》い被さる恰好になった。

面の向こうに、さな子の小さな顔がある。

思わず目を逸らし、歳三は先刻と同じ言葉を繰り返す。

「あんたの負けだ」

今度こそ、負けを認めるだろうと思ったが、甘かった。さな子の手が伸びて来た。

「まだまだッ。勝負はこれからですッ」

頰を上気させながら、歳三の面を奪おうとしている。

面を首に見立てて、これを奪った方が勝ちだと言いたいのだろう。試衛館でも似たような稽古をしている。

すると、いっそう負けるわけにはいかない。女に首を取られたとあっては、男の沽《こ》券《けん》にかかわる。

「ごめん」

歳三はさな子の面を脱がした。

あんたの負けだ――。何度目になるか分からぬ台詞を繰り返そうとしたとき、
がらり――

――と、戸が開いた。

総司が道場に入って来た。皆で帰って来たらしく、近藤や左之助たちの姿もある。

ぽかんとした顔で、歳三とさな子を見ている。

さな子を組み敷く歳三を見て、一同が勘違いをしているのは明らかだ。またしても言葉が出て来ず、突然のことにさな子も黙っている。

気まずい沈黙の中、最初に口を開いたのは、総司と八房だった。

「道場で逢《あ》い引《び》きなんて、土方さんらしいなあ」

「わん」

勝手に決めつけた上、感心している。

「違う――」

言い訳しかける歳三を遮るように、近藤が言った。

「逢い引きのときは、面くらい外すものだぞ、歳」

3

文久三年二月八日、夜明けを待って歳三たちは伝通院に集まった。幕府の肝入《きもい》りで浪士組として上洛するためである。

伝通院には、二百人を超える浪士が集まっていた。七郎麿――一橋慶喜が裏で糸を引いているだけあって、公儀からも鵜殿鳩翁《うどのきゅうおう》や山岡鉄太郎《やまおかてつたろう》が臨席していた。

ゾンビ退治のため上洛すると言えるはずもなく、京にいる将軍家茂を警護するという名目になっていた。幕臣さえもゾンビの件を知らぬらしい。

その代わり、武功によっては旗本に取り立てられるという噂が、まことしやかに流れている。

狂騒の中、歳三は不機嫌だった。

「烏合《うごう》の衆だ」

確かに人は集まっているが、見たところ食い詰め浪人ばかりだ。槍や刀の代わりに酒を担いでいる者までいる。こんな連中に公儀公認を与えては、幕府の権威が地に落ちる。

「ゾンビと戦うには頭数が必要だ。仕方あるまい」

近藤が戒めた。

「分かっている」

素っ気なく言い返すと、今度は総司が口を挟んだ。

「八つ当たりするなんて、土方さんはかわいいなあ」

「わん」

犬までが馬鹿にしている。

「うるさい」

歳三は総司と八房を叱りつけた。苛立ちの原因はすぐ近くにいる。八つ当たりをしていることくらい、自分でも分かっている。そして、その試衛館の剣士たちに紛れるように、さな子が立っていた。浪士組に参加すると言って聞かぬのだ。

寄せ集めの烏合の衆とはいえ、仲間に女や仔犬がいるのは試衛館だけだ。伝通院に集まった浪士たちが、何とも言えぬ目でこちらを見ている。

「おまえのせいだ、総司」

歳三は数日前のことを思い出す。

※

歳三に面を取られた後、さな子は真っ赤な顔で立ち上がり、帰って来たばかりの総司に嚙みついた。

「あなたは卑怯者《ひきょうもの》です」

いきなり、そう言われて意味が分かるはずがない。誤解したまま、

「すみません。まさか道場で逢い引きしているとは思いませんでした」

総司は頭を下げた。

「近藤さん、町を一回りして来ねえか」

左之助が気を利かし、「そうだな」と近藤がうなずいた。本気で言っているらしく、さっさと出て行こうとする。

歳三はため息混じりに呼び止める。

「逢い引きではない。どこの世界に、面と籠手をつけて逢い引きする男女がいる?」

「人は好き好きですからねえ。それに、土方さんならやりかねない」

「わん」

勝手に話をまとめようとする総司と八房に向かって、さな子が吠えた。

「話を逸らさないでくださいッ」

総司がふざけていると思ったのだろう。目を吊り上げ、本気で怒っている。

「すみません」

なぜ、さな子が怒っているのか分かっていないくせに、総司は謝った。

——沖田様は謝ってばかりいます。

そんなお悠の言葉を思い出した。確かに総司は争いごとを嫌い、すぐ謝る。

「お悠さんのことでお話があります」

ようやく、本題を持ち出した。

総司の返事を待たずに、千葉道場の娘は単刀直入に聞く。

「どうして、お悠さんと別れたのですか？」

とたんに、総司の顔が陰《かげ》った。ゾンビに嚙まれて以来、ときどきこんな目をする。冗談を言っているときでも、目の奥は笑っていない。

「嫌いになったんです」

蚊《か》の鳴くような声で答えた。師匠の近藤に似て、この若者は嘘が上手くない。今でも、お悠を想っていると顔に書いてある。

さな子は問い続ける。

「他人《ひと》に言えない理由があるのですか？」

「さな子さんには関係のないことです。余計なお節介はやめてください」

総司は目を伏せた。素っ気ない言葉で、話を切り上げたつもりなのだろう。

しかし、さな子は口を閉ざさない。

「関係あります」

「おい、あんた——」

いい加減にしたらどうだ、と言いかけた歳三を無視し、鬼小町は言葉を続ける。

「わたくしも、坂本様に別れを告げられました」

胸のあたりが苦しくなった。なぜかは分からないが、坂本という名を聞きたくない。

歳三はそっと顔を顰めた。

「それとこれとは別です。やっぱり関係ない」

総司は首を振ったが、さな子は聞かない。

「坂本様にも同じことを言われました」

「え？」

「先ほどの土方様の言葉です。男には男のやることがある。――そう言ったのです」

その言葉を聞いて、近藤が余計なことを言った。

「坂本とやらも上洛するのか？」

「近藤さん――」

慌てて止めたが、遅かった。

「上洛？　坂本様も京に行くのですか？」

門弟を押しつけた手前、歳三たちが上洛することは話してある。

「坂本のことは知らぬ」

近藤が答えた。

それでやめておけばいいのに、またしても余計な一言を付け加えた。

「まあ、こんな世の中だけに、京にいてもおかしくなかろうがな」

人参《にんじん》を馬の鼻先にぶら下げたようなものである。案の定、千葉の鬼小町は口にした。

「さな子も京の都に参ります」

4

「なぜ、断らない」

歳三は近藤を責めた。

「断れる相手じゃない」

近藤がため息をついた。

さな子が帰って間もなく、今度は千葉重太郎《じゅうたろう》が訪ねて来た。桶町千葉道場の若先生であり、誰もが名を知る剣士でもある。

試衛館との力の差は明らかであり、しかも、京に行かぬ門弟の世話を頼んだばかりだ。呼びつけられても文句を言えぬところ、菓子折りを持って挨拶に来た。

「さな子をよろしく頼む」

歳三と近藤相手に、深々と頭を下げた。聞けば、桶町千葉道場に帰るなり、試衛館に入門した上で京の都に行くと、さな子は宣言したらしい。

「言い出したら聞かぬ妹で」

重太郎が人の好さそうな顔で呟いた。

坂本竜馬との間に何があったか知らぬが、名家の娘に生まれながら二十六になって独り身を通しているところからも、言い出したら聞かぬさな子の性格が分かる。あの娘なら、重太郎が反対しようと、家を勘当されようと、行くと決めたら京の都に行くだろう。

一方、近藤は、頭を下げられて嫌と言えぬ性格だ。

「うむ」

曖昧にうなずいているうちに、試衛館の門弟として、さな子を京の都に連れて行くことになっていた。

六　清河八郎《きよかわはちろう》

1

日が完全に昇り切ったころ、歳三を含む浪士組は伝通院を出発した。中山道《なかせんどう》を西に上り、半月ほどで京の都に到着する予定だった。

「みんな、ちゃんとしてますねえ」

総司が感心している。

恰好こそ寄せ集めだが、歩く姿は整然としており、ひとかどの隊に見える。無駄口を叩いているのは総司くらいだ。

「芹沢先生のご人徳ですかねえ」

斬られかかったくせに、なぜか芹沢に懐《なつ》いている。

「人徳は言いすぎだ」

わざと不機嫌に言ってやったが、寄せ集めの浪士組の中で芹沢鴨は目立っていた。腹心の新見錦《にいみにしき》ら二十余人を引き連れて、例の鉄扇を手に歩いている。この一党だけ鹿皮《しかがわ》の紋付割羽織で統一していることもあり、別格に見えた。実際、浪士組を監督するような役割を担っている。

「芹沢先生は大人物ですねえ」

「わん」

相槌《あいづち》を打つ八房の傍らで、近藤が渋い顔をしていた。

「あいつは駄目だ」

歳三にだけ聞こえる声で近藤が呟いた。歳三には近藤の考えていることが手に取るように分かった。

しばらく会わないうちに、芹沢鴨はすっかり変わっていた。着ているものこそ立派だが、伝通院に集まったときからずっと酒を飲んでいる。

「酒毒に侵されている」

歳三も呟いた。

色白だった顔は酒焼けし、滑稽《こっけい》なほどに鼻の頭が赤くなっており、その姿は、ただの酔っ払いにしか見えない。

水戸天狗党の金看板《きんかんばん》に一目置いているものの、伝通院に集まった浪士たちは芹沢を軽んじていた。迷惑な酔っ払いを大人物だと称えるのは、総司くらいのものだろう。

「浪士組の大将はあいつだ」

すらりと背の高い男に目をやった。

黒羽二重《くろはぶたえ》の紋付袷《あわせ》に渋い七子《ななこ》の羽織の似合う、浪人とは思えぬほど品のある男が列外を歩いている。

「清河八郎か」

近藤が唸った。

芹沢鴨より格上の、浪士組の総大将とも言うべき男である。この寄せ集めに〝浪士組〟と名づけたのも清河であり、当然ながら、ゾンビのことも知っている。

表に出られぬ七郎麿に代わり、清河八郎の名で浪士徴募の檄文《げきぶん》を飛ばした。一橋慶喜の代わりが務まるほど名が通っていた。跳ねっ返りの多い浪士たちも、清河の言うことにはよく従う。

天保元年（一八三〇）、清河八郎は庄内藩郷士《しょうないはんごうし》の長男として生まれた。生家は庄屋で、金は掃いて捨てるほどあった。

恵まれていたのは、生まれだけではない。幼いころから〝神童〟と呼ばれていた。

「〝バラガキ〟とは、えらい違いですねえ」

乱暴者という意味の、歳三の古い渾名《あだな》を持ち出し、総司がからかった。

「茶化すな」

腹立たしいが、その言葉は間違っていない。歳三とは何もかもが違っている。

昌平坂学問所《しょうへいざかがくもんじょ》を経て私塾を開いたのは二十五歳のときだし、剣は北辰一刀流の大目録皆伝を取っている。二枚目の上に文武に優れた英才であった。人望もあるらしく、同じ北辰一刀流の山南などは「清河先生、清河先生」と金魚の糞《ふん》のごとくつきまとっている。

「どうして浪士なんて、やっているのですかねえ」

「わん」

総司と八房が首を捻る。確かに仕官の口はいくらでもあるだろう。私塾を開いてはいるが、学者になる男には見えない。

「知るか」

そう言いながら、総司より世間の広い歳三は、清河に関する悪い噂を聞いていた。

——清河八郎は将軍になりたがっている。

文武にすぐれた才人へのやっかみもあったろうが、巷では公然の噂となっていた。

その証拠のように挙げられるのが、清河の佩刀《はいとう》だ。

〃七星剣《しちせいけん》〃

引き抜くと七ヵ所に光芒《こうぼう》が立つ。聖徳太子《しょうとくたいし》の佩刀でもあった、天下を取る瑞剣《ずいけん》である。

朝に晩にと七星剣を眺めるのが、清河の日課だった。天下を取りたいと願を掛けているに違いない。そう言われても仕方のないところである。浪士組を利用して、幕府を倒すつもりでいると噂する者もいた。

「おかしな噂もある」

歳三は言った。

天下を狙うという、ある意味、男らしい噂の他に、清河には物騒な噂もあった。

——遊女斬り。

身を売って生きる女たちを斬って歩いているというのだ。

「何のために、そんなことをするんですかねえ」

「わん」

総司と八房が首を傾げた。清河ほどの男がすることではない。

「志士だの浪士だのと名乗る連中は、ろくなものじゃない」

近藤が吐き捨てた。

「あんたも浪士組だ」

歳三は言ってやったが、近藤の言いたいことはよく分かる。因習《いんしゅう》を打ち破り、新しい日の本の国を作ると言いながら、たいていの志士は女郎買いをしており、遊女を人と見ていない者も多かった。

「清河の遊女斬りの噂が本当なら、おれは許さん」

近藤が言った。

2

当たり前といえば、当たり前の話だが、江戸から京の都まで一日で歩くことはできない。

「問題は夜だな」

歳三は呟いた。近くには、近藤とさな子がいる。

どこまでゾンビが広まっているか予想もつかぬが、麻疹やコロリと呼ばれる流行病は日本中で猛威を振るっていた。行く先々にゾンビがいると思っていた方がよかろう。ゾンビと戦うために集められた浪士組だが、まだ隊として機能していない。刀や槍を持っていない者もいる。

「ちゃんとした旅籠に泊まって、夜の間は外に出ないことだ」

今のところ他に方法がない。

事実上の浪士組大将である清河も同じことを考えたらしく、厳格な宿割りを命じ、さらに、夜に出歩かぬよう命令を出した。

しかし、寄せ集めだけあって、聞かぬ者も多い。ゾンビの説明をしていなかったことが裏目に出た。

宿駅には〝飯盛《めしも》り女〟と呼ばれる女郎がおり、女郎屋も多い。それを目当てに宿を抜け出す者が何人もいた。

板橋《いたばし》、蕨《わらび》、浦和《うらわ》、大宮《おおみや》、上尾《あげお》、桶川《おけがわ》、鴻巣《こうのす》、熊谷《くまがや》、深谷《ふかや》と旅程をたどるうちに、一人また一人と隊士が減った。名目上は逃げ出したことにしてあるが、ゾンビの餌食《えじき》になったのは明白だった。

近藤は顔を顰める。

「命令を聞かぬとは、困った連中だ」

「言っても聞かぬのが、男というものです」

さな子が口を挟んだ。

「そうかもしれんな」

歳三はうなずいた。試衛館の連中にしても、ゾンビの一件を知っているから遊びに行かぬだけで、清河の命令に従っているわけではない。女遊びはともかくとして、左之助あたりは酒を飲みに行きたそうな顔をしている。

もう一つ、気になることがあった。

浪士組の行く先々で遊女が斬られており、京に着く前から悪評が広がっていた。

――清河のしわざではないか。

そんな噂が浪士たちの間で流れ、巷に広がった。清河に反感を持っている者を中心に、いくつかの派閥ができており、このままではゾンビ退治どころか、浪士組そのものが分裂してしまう。

どうしたものかと考え込んでいると、後ろから声が聞こえた。

「おれに任せておけ」

いつの間にか、芹沢鴨が立っていた。例によって酒くさいが、酔っ払ってはいないようだ。

「近藤、耳を貸せ」

芹沢が耳打ちした。

最初は迷惑そうな顔をしていた近藤だが、そのうち真面目な顔になり、やがてにやりと笑った。

見るからに意気投合している。

そんな二人の様子を見て、歳三は嫌な予感に襲われる。近藤と芹沢はどう考えても、食い合わせが悪い。

「何を企んでいるんだ、近藤さん」

「心配するな、歳。大船に乗ったつもりで、おれと芹沢に任せておけ」

近藤が胸を叩いた。

本庄宿《ほんじょうじゅく》で騒ぎは起こった。

宿割りの役目を引き受けた近藤が、あろうことか芹沢の宿を決め忘れたのだった。

「どういうことかな」

鉄扇で自分の肩を叩きながら、芹沢が絡《から》んだ。

とたんに近藤は青くなり、その場で土下座した。宿を決め忘れたという近藤の言葉を聞いて、芹沢がからりと笑う。

「気になさるな。往来で夜を明かすのも乙《おつ》なもの」

「そのようなことは——」

慌てる近藤を制して、芹沢は言葉を続ける。

「今宵は、ちと肌寒い。暖を取るため篝《かがり》を焚《た》かせていただく」

その言葉を合図に、新見錦ら水戸天狗党の面々が動き始めた。

付近の小屋を叩き壊し、往来に積み上げた。唖然《あぜん》と立ち尽くす近藤を尻目に、芹沢は火をつけた。

火柱が上がり、火の粉が夜空を舞った。

それを見て、火事と勘違いした本庄宿の者が、半鐘《はんしょう》を鳴らし大騒ぎになった。近隣の村からも人が集まって来た。

浪士組の誰もが、宿割りを忘れた近藤への当てつけだと考えた。

「根性が腐ってやがる」

芹沢を斬ると騒ぐ左之助や藤堂平助を、近藤が「馬鹿な真似をするな」と止めていた。

「芹沢先生は派手だなあ」

「わん」

宿の二階から総司とさな子、ついでに八房が火柱を見学している。この三人は少しも慌てておらず、特に総司は面白がっている。

そんな中、歳三は寝転がって天井を睨んでいた。口を利く気にもなれなかった。

——茶番だ。

馬鹿馬鹿しいにもほどがある。

隊士を外出させぬため、近藤と芹沢が猿芝居《さるしばい》を打ったのだ。清河も気づいているらしく何も言わない。

総司とさな子も気づいている。

「芹沢先生は知恵者だなあ」

「わん」

「そうでしょうか？　燃やす必要があったのか、さな子には分かりません」

「だって、他に方法はないですよ」

「わん」

呆れ顔のさな子の隣で、総司と八房が無邪気に感心している。

確かに、これでどの女郎屋も浪士組を相手にすまい。それに加え、何をするか分からぬ芹沢に恐れをなし、多くの浪士は外出そのものを控えるだろう。

その代わり悪名が轟《とどろ》いた。清河の遊女斬りどころの騒ぎではない。間違いなく、京の都でも嫌われ者扱いされる。宿割りもまともにできぬ馬鹿者として、近藤の悪名も広まってしまった。

——先が思いやられる。

歳三はため息をついた。

3

二月二十三日、歳三たち浪士組は京の都に到着した。小石川から京まで半月ほど歩いたことになる。

幕府肝入りということもあり、どこかの城か大名屋敷に連れて行かれるのかと思っていたが、やって来たのは四条大宮《しじょうおおみや》にほど近い壬生村《みぶむら》だった。泊まるところも宿ではなく、寺や村会所のほか、地元郷士や民家だ。

「扱いが悪いな」

不満げに近藤が呟いたが、自業自得《じごうじとく》、火をつける騒ぎを起こした連中を引き取る大名はいない。

「文句を言うほど、ひどくないですよ」

総司が目を細めた。

歳三たち試衛館の宿は八木源之丞邸《やぎげんのじょうてい》であった。

試衛館の門弟たちが悠々と暮らせるほどに広い上に、柱一本にまで金がかかってい
る。中庭には白砂利《しろじゃり》が敷き詰められ、見惚《みと》れるほどに美しい。今も、使用人らしき五
十そこそこの小男が箒《ほうき》で掃いていた。

「郷士がこんな屋敷に住めるのか」

近藤が驚いた。その声が大きかったのか、使用人らしき小男がこちらを見た。下男
のくせに、鋭い目をしている。

竹箒を庭の片隅に置き、小男は言う。

「ただの郷士ではありまへん」

「うん？　どういうことだ？」

突然、話しかけられたことに戸惑いながらも、近藤は聞き返した。

「八木家は、鎌倉殿ゆかりの家柄です」

教え諭《さと》すように、小男は話し出した。

八木家の歴史を遡《さかのぼ》ると、鎌倉時代初期に辿り着く。

平家を滅ぼし、鎌倉殿――源頼朝《みなもとのよりとも》が征夷大将軍《せいいたいしようぐん》になったばかりのころ、民は白い猪《いのしし》に悩まされていた。馬よりも大きく、身体を覆う毛は針金のように硬かった。しかも、合戦の死人を喰らい味をおぼえたのか、白い猪は人を襲った。

「人喰い猪とは剣呑ですねえ」

「わん」

総司と八房が合の手を入れた。

「お化け猪でした」

その猪を射止めたのが、八木源之丞の遠祖・八木安高《やすたか》であった。荒れ狂う白い猪に向かって弓を引き、矢で眼球を射抜いた。

この功績により、頼朝から、今も家紋として使っている三《み》つ木瓜《もつこう》を拝領したという。

その後も家は続き、代々、弓矢の達人として名を馳せ、大名や旗本に教えることも多い。

「弓矢の達人だなんて、豚一公みたいですねえ」

「わん」

感心する総司と八房を見て、小男は眉間に皺を寄せた。

「あんな未熟者と一緒にしたらあきまへん」

七郎麿を知っているかのような口振りである。

「一橋公相手に、未熟者はなかろう」

近藤が戒めたが、小男は反省しない。それどころか首を振り、こんなことを言った。

「未熟な弟子です。わての足もとにも及びまへん」

「何の話だ？」

鈍い近藤は、いまだに小男の正体に気づいていない。

「近藤さん、この人が八木源之丞だよ」

歳三は教えてやった。

源之丞は肝の据わった男だった。

「死人《しびと》なんぞに負けまへん。死人が恐ろしゅうて、葬式饅頭《そうしきまんじゅう》が食えますか」

と、ゾンビの一件を知りながら、浪士組の世話を引き受けたのだ。ちなみに、近隣の郷士が浪士組を受け入れたのも、源之丞の口利きだった。

このとき、歳三たちは源之丞の部屋に招かれていた。総司と八房は庭で遊んでおり、源之丞の部屋にいるのは、歳三と近藤だけだった。他の連中は芹沢に連れられ、色町の飲み屋に行ってしまった。どこに行ったのか、さな子の姿もない。

「無茶をするのは尊王攘夷どもだろう」

近藤は心配する。

浪士組の敵はゾンビだけではなかった。倒幕を目論《もくろ》む尊王攘夷の志士にしてみれば浪士組は敵であり、住居を提供した源之丞を幕府の手先と思うに決まっている。

「何をするか分からん連中だからな」

歳三は呟いた。

吉田松陰のように、真剣に日の本の国の行方を憂《うれ》えている者もいるだろうが、多くは〝尊王攘夷の志士〟を名乗る食い詰めだ。混乱に乗じて暴れることしか考えていない。

志士だけでなく、倒幕を掲げる諸藩の内情も誉められたものではない。幕府を倒して新しい国を作ろうと思っている者は滅多におらず、ほとんどの藩は将軍の地位を狙っているだけにすぎない。

――余は、いつ将軍になれる？

そう言って憚《はばか》らない藩主もいるという。

長州幕府や薩摩《さつま》幕府ができたところで、異国から日本を守れるとは思えない。それどころか、争いは国力を衰えさせ、外国の介入を招くきっかけを作るだけだろう。歳三に言わせれば、この時期に幕府を倒そうとしている連中こそ、国を滅ぼす元凶だ。

「困った連中ですなあ」

源之丞はため息をついた。

困った連中は身内にもいる。

「どうして、近藤さんや土方さんが平隊士なんだよッ」

「仕方あるまい」

喚き散らす左之助を近藤が宥《なだ》めた。

小石川の伝通院で、清河が浪士組の制度を決めたが、試衛館の剣士たちは一人残らず平隊士だった。上洛を契機に見直しがあったが、相変わらず歳三も近藤も平隊士のままである。

他に人物があるのなら我慢もしようが、幹部となったのはゾンビを知らぬ連中ばかりで、中には博徒《ばくと》の親分までいる。使えそうなのは、水戸天狗党の芹沢や新見たちくらいのものであろう。

その唯一まともな芹沢にしても、商家に金を無心《むしん》するなど乱暴な振舞いが目立ち、着いたその日から京の人々に嫌われていた。

「あんな連中に任せたら、滅茶苦茶になっちまうぜ、近藤さんよ」

左之助は吐き捨てた。

「言葉を慎め」

近藤は叱りつけるが、左之助の言葉は間違っていない。清河派、芹沢派と派閥ができ、末端同士の小競《こぜ》り合《あ》いが目立ち始めていた。

「試衛館だって、おかしくなっちまってるぜ」

左之助の悪態がため息に変わった。

山南と総司の顔が思い浮かんだ。道中から、山南は清河に、総司は芹沢にべったりくっついている。

山南はいい。北辰一刀流の同門ということもあって、最初から予想できた。問題は沖田総司だ。京に着いたばかりと言うのに、いつの間にか姿が消えていた。聞けば、芹沢らと島原遊郭《しまばらゆうかく》へ行ったという。

「総司のやつ、何を考えてやがる」

左之助の怒りには戸惑いが混じっている。

総司はただの門弟ではない。近藤に何かあったときには、総司が天然理心流を継ぐことが決まっていた。

その総司が芹沢派に鞍替《くらが》えしたとあっては、試衛館そのものが滅びてしまう。

「仕方のないやつだ」

歳三は舌打ちする。総司に女遊びは似合わぬし、芹沢一派に鞍替えしたとも思っていなかった。近藤はもとより、がなり立てている左之助でさえ、本気で総司が裏切ったとは思っていまい。

ただ、浪士組が分裂しかけていることは確かである。

「嫌な予感がするのう、歳」

その日のうちに、近藤の嫌な予感が的中するのだった。

4

郷士屋敷や大百姓の家を始め、壬生村中の屋敷は浪士組の駐屯所《ちゅうとんじょ》として徴発されていた。

浪士組は分宿しているが、何かあったときには新徳寺《しんとくじ》に集まることになっていた。

京の都に到着した翌日の夕暮れ時分、さっそく新徳寺から使番《つかいばん》がやって来た。

「清河先生が話したいことがあるそうです」

言うだけ言って、走り去った。

そのとき、歳三たちは近藤の部屋で飯を食っていた。珍しく、総司と山南の姿もあった。

その代わり、さな子の姿がなかった。坂本とやらをさがしに行っているのかもしれない。試衛館の一員と言いながら、勝手に動き回っている。遠慮があるのか、ただ面倒くさいだけなのか、近藤は何も言わない。

「こんな時刻に何の話ですかね」

「わん」

総司と八房が顔を上げた。そろって、顔に飯粒をつけている。

呼び出しはいいが、時刻が遅すぎる。日が落ちれば、ゾンビどもが動き出す。話し合いをしたいのなら、もっと早い時刻に集まるべきだ。

「馬鹿な話だ」

歳三は不機嫌に言った。すかさず、総司と八房が茶々を入れる。

「さな子さんがいないからって、怒らないでくださいよ」

「わん」

「何の話だ？」

歳三はうるさい連中を睨みつけた。

「分かっているくせに。嫌だなあ、とぼけちゃって」

総司がくすくす笑った。

言い返そうと口を開きかけたとき、近藤が割り込んで来た。

「話したいというのは何だろうな、歳」

「どうせ、たいしたことではあるまい」

歳三は飯を掻き込んだ。膳部には魚や野菜が並んでいるが、どれも塩気が利いていない。東国育ちの歳三の口には合わなかった。何もかもが気に入らない。

「すぐに行きましょう」

山南が立ち上がった。清河を尊敬するあまり、下僕《げぼく》のようになっている。

「まだ食っている最中だ」

歳三は言ってやった。もう三杯も飯を食っており満腹だが、八木邸から動きたくなかった。

「清河八郎に呼ばれたからと言って、すぐ行くことはない。犬っころじゃあるまいし」

きつい言葉に山南の顔色が変わった。

「土方君」

怒りを押し殺し、山南はぎこちなく微笑《ほほえ》んでいる。聖人ぶっているところも気に入らない。

歳三は邪険《じやけん》に言う。

「行きたければ勝手に行けばいい」

八つ当たりは駄目ですよ、と総司が言ったが、聞こえないふりをした。

すると、山南が説教を始めた。

「せっかく京に来たのだから、柔らかい言い方をおぼえてはどうですか?」

「余計なお世話だ」

喧嘩腰で言い返したとき、女の声が聞こえた。ようやく、さな子が帰って来たらしい。源之丞の声も聞こえる。源之丞が冗談を言ったのか、さな子が笑っている。少なくともゾンビになっていないようだ。

「これで安心して新徳寺に行けますね」

総司が言った。

新徳寺は通りを隔てたところ、八木邸の筋向かいにある。さな子と病身の総司をのぞき、近藤を先頭に試衛館の一派は新徳寺にやって来た。

「我々がいちばん最後ですよ」

咎める口振りで、山南が言った。

だからどうしたと思いながら本堂に足を踏み入れると、ともに上洛して来た浪士たちが座っている。窓のない本堂は暗く、わずか十本の蠟燭が立ててあるだけだった。気味が悪いほどに薄暗い。

須弥壇《しゅみだん》の傍らに幕臣と清河がいた。清河の顔に表情はなく、幕臣たちは緊張している。何か起こりそうな雰囲気に包まれていた。

「とにかく座るか」

近藤が末席に座り、歳三たちもそれに倣《なら》った。

それを待っていたかのように、清河が立ち上がった。背丈が高く姿勢のいい清河は、立っただけで絵になる。

よく通る低い声で言う。

「今日より浪士組は、天朝の兵士となって働く」

誰もが言葉を失った。清河に近いはずの山南でさえ口をあんぐりと開け、呆《ほう》けた顔で視線を泳がせている。何も知らされていなかったのだ。

啞然としたのは、浪士たちだけではない。山岡鉄太郎を始めとする幕臣たちは、顔面蒼白になっている。路銀を出し世話をしていた連中の総大将に、目の前で倒幕の徒になると宣言されたのだから、言葉を失うのも当然であろう。

さらに、驚くことを清河は口にした。

「これは天意だ」

時の天子――孝明帝《こうめいてい》の意も汲んでいると言うのだ。

孝明帝の西洋人嫌いは有名で、再び国を閉じよと幕府に命じていた。

「幕府は天意を失った」

清河は、はっきり言った。

――嘘ではあるまい。

歳三は七郎麿から聞いた話を思い出す。

十二歳になったばかりの病弱な第二皇子・祐宮《さちのみや》と宮中にこもり、異人に怯えながら暮らしているという。弱腰の幕府を見限り、新しい力を試してみようと思っても不思議はない。天皇の意を受けたとなると、清河が将軍になることもないとは言えぬ。

「清河が天下を狙っているというのは、本当だったみてえだな」

左之助が吐き捨てた。裏切りに、方々で非難のざわめきが起こっていたが、

「以上だ」

と、清河は話を閉じ、本堂から出て行った。

「待てッ。待たぬか、清河」

幕臣たちが後を追った。取り残された浪士組の間に、白けた空気が流れた。

そんな中、口を開いたのは山南だった。

「夷狄を討つのは間違っていません」

相変わらず、清河の味方をしている。清河について行けと言いたいのだろう。

「幕府に弓引く真似はできん」

近藤が頑固《がんこ》に言った。この男に裏切りなどという器用な真似が、できるはずがない。

それをきっかけに、方々で論争が始まったが、清河の真意が分からず、歳三は黙っていた。

清河八郎の名は日本中に響き渡っている。そして、今の世の中は尊王攘夷の志士ばかりで、清河が兵を挙げると言えば、いくらでも人は集まるだろう。

烏合の衆を手に入れるため、小細工を弄《ろう》する必要はない。現に、一部の浪士から裏切り者扱いされており、悪評が千里を駆けるのは明らかだ。兵以外に得られたものと

言えば、幕府肝入りの看板くらいである。

——天子に近づきたかったのか。

幕府の権威を利用してできることは、それくらいしかあるまい。ただ、近づいたところで、ゾンビを倒さなければ未来はない。天子だ、将軍だ、と言っている場合ではないことくらい、秀才の誉れ高い清河八郎なら分かりそうなものだ。

「何を企んでいる……」

誰に言うともなく呟いたとき、廊下の軋む音がぎぃと聞こえた。誰かが本堂に近づいて来て、やがて立ち止まった。

「清河先生がお戻りになられた」

飼い主に尻尾を振る犬コロよろしく山南が駆け寄った。「清河先生、山南です」と言いながら、がらりと戸を引いた。

次の瞬間、山南の動きが止まった。

「うん？」

目が点になっている。

入口の前に立っていたのは清河ではなく、見おぼえのない若い遊女だった。——見おぼえはないが、その正体はすぐに分かった。

遊女の顔は青白く、眼窩が落ち窪んでおり、額には〝羌〟の痣があった。

「山南さんッ、その女から離れろッ。ゾンビだッ」

歳三が怒声を上げたとたん、遊女が山南に襲いかかった。

「遊女のゾンビですか」

山南は落ち着いている。

それもそのはずで、見た目こそ眼鏡をかけた文弱の徒だが、小野派一刀流及び北辰一刀流の達人である。道場で打ち合うだけなら、近藤や歳三とも互角に戦う。

牙を剝き出しにして襲いかかって来る遊女を軽々と躱し、二歩三歩と距離を置くと、目にも止まらぬ早技で刀を走らせた。

すぱんッと音が鳴り響き、遊女の身体からどす黒い血飛沫《ちしぶき》が上がった。好きになれぬ男だが、剣技の冴えは凄まじい。

眼鏡を直しながら山南は言う。

「日が落ちてしまったようですね」

新徳寺の廊下には天窓がつけられている。開けっ放しの入り戸から天窓を見ると、いつの間にか夜の帳《とばり》が降りていた。

京の都の空には、月も星もなかった。この世のものと思えぬくらい真っ暗い。

どこかで鈴の音が、

りん――――――と、鳴った。

その音に吊り上げられるように、斬られたばかりの遊女が立ち上がった。落ち窪んだ目には、何の感情も宿っていない。山南に斬られた腹の傷は深く、腸《はらわた》がはみ出ているというのに、遊女の屍はゆらゆら歩いている。

「ひぃッ、化け物ッ」

事情を知らぬ浪士たちが悲鳴を上げた。

悲鳴が悲鳴を呼び、大混乱に陥った。

「静まりなさい。武士がみっともない」

山南が言ったが、誰も聞いていない。我先にと、浪士たちは入り戸に殺到する。烏合の衆だけに、こうなると統制が取れない。言うことを聞く者など一人もいなかった。

「行くなッ。鈴の音が聞こえないのかッ」

今度は近藤が怒声を上げた。

廊下に出かかった浪士たちの足が止まった。

近藤の命令に従ったわけではない。

逃げ場がなかったのだ。本堂から漏れる蠟燭の灯りを頼りに廊下をのぞけば、何十人もの遊女の屍が立っていた。一人残らず、遊女の額には〝羌〟の文字が浮き上がっている。簡単に言えば、浪士組はゾンビに囲まれていた。

「何てことだ」

歳三は呻き声を上げた。

七　厄日

1

最初に飛び出したのは左之助だった。

「退《ど》けッ」

本堂の脇に立て掛けてあった六尺棒を振り回し、遊女の屍の群れに突進し力任せに殴りつけた。

力自慢の多い浪士の中でも、左之助の腕力は指折りだった。背丈より長い六尺棒を軽々と振り回している。ぼろ雑巾《ぞうきん》のようにゾンビどもが吹き飛び、浪士たちの前に道ができた。

さらに、近藤が廊下の雨戸を蹴破った。分宿している屋敷は、どれも目と鼻の先にある。

「屯所に帰るぞ――」

威勢のいい言葉が宙に消えた。近藤の顔が凍りつく。

新徳寺の境内《けいだい》は、遊女と芸者のゾンビで溢れていた。禿《かむろ》らしき子供から皺だらけの安女郎、三味線《しゃみせん》を手にした芸者まで、ありとあらゆる種類の遊女と芸者の屍が群れをなしていた。数え切れぬほどの〝羌〟の痣が、歳三たちを取り囲んでいる。

「今日は厄日だぜ」

左之助がため息をついた。今日どころの話ではない。七郎麿に会ったその日から、厄日は続いている。

「歳、どうする？」

近藤が歳三の顔をのぞいた。どうするも、こうするもない。この状況で、できることなど一つしかあるまい。

「ゾンビを斬り伏せる」

歳三はノサダを抜いた。逃げ道がなければ作ればいい。しかし、

「土方君、無理だ」

山南が止める。

「我々の他は誰も武器を持っていない」

遅れて来たため歳三たちは免れたが、本堂に入る前に刀を取り上げられたらしい。それに加えて、清河一派と反目している芹沢たちの姿もなかった。山南の言うように、丸腰で戦って勝てる相手ではないのかもしれぬ。

それでも刀を納めない。

「あんたは理屈を言いすぎる」

歳三の言葉に、近藤がうなずき、そして言う。

「死にたくなければ、戦うしかなかろう」

明快で分かりやすい。他人を裏切らず、臆病風に吹かれることもない。浪士組を束ねるのは、やはり近藤だ。

歳三は言う。

「あんたが大将だ。命じろ」

近藤はこくりとうなずき、新徳寺中に響き渡るほどの大音声を上げた。

「おれについて来いッ」

抜いたばかりの虎徹が、ぎらりと光った。

道を作るためには、寺の外に群がるゾンビどもを蹴散らさなければならない。頼みの綱は、槍使い左之助だった。

さすがに槍は持って来ていないが、新徳寺に置かれていた六尺棒は丈夫にできている。

「うりゃああッ」

六尺棒を振り回し、左之助が遊女の屍を殴り飛ばした。

左之助の行くところに道ができ、それを広げるように歳三や近藤たちが刃を走らせる。その繰り返しで前に進むことができた。

「助かるぞッ」

浪士たちの目に生気が戻って来た。しかし、

――もう四半刻も保つまい。

歳三は思った。

思った以上にゾンビの数が多かった。しかも、相手が女だけに脂が多く、刀は血脂に弱い。脳を斬らねば倒せぬというのに、早くも刀が斬れなくなり始めていた。

――こんなところで死ぬのか。

そのとき、左之助の舌打ちが聞こえた。

「くそッ」

六尺棒が消えている。ゾンビの血脂に手が滑り、落としてしまったのだろう。

先陣を切っていただけに、左之助はゾンビに囲まれている。遊女の屍どもが無言で距離を詰める。

「左之助ッ」

名を呼ぶだけで精いっぱいだった。

歳三と近藤が助けに入ろうとしたものの距離がありすぎ、とうてい間に合わない。

ゾンビの腐った腕が左之助を摑んだ。……と次の瞬間、遊女の屍の右腕が、
すぱんッ――――

――と、宙を飛んだ。

ゾンビの毒牙《どくが》から逃れた左之助の背に、冷静な声がかけられた。

「だから言わんこっちゃない」

こんなときに嫌味な声でものを言う男は一人しかいない。

左之助を救ったのは、山南だった。抜き身の刀を持っている。

「助けてくれなんて、言ってねえだろ」

負けず嫌いの左之助が嚙みつくが、山南は動じない。

「それは失礼した」

そう言って眼鏡を直した。

山南はおかしな男だ。

変わり者の多い試衛館の中でも異彩を放っており、素振りをする代わりに医学書を読んでいた。そこらの町医者よりも人の身体に詳しい。試衛館の立ち稽古でも、ちょこんと触れただけで相手を倒して見せた。どこを斬れば相手が倒れるか知っているのだ。

「あれは剣術じゃない」

少なくとも天然理心流ではない。歳三は顔を顰めた。

「だが、強いな」

戒めるでなく近藤が言った。山南とウマが合わぬ歳三や左之助も、その言葉を否定することはできなかった。間違いなく、山南は強い。

ゾンビ相手でも、その異才の剣は鈍らなかった。

最小限の力で斬って行く。山南の剣に触れたとたん、遊女の屍はどす黒い血飛沫を上げた。息も乱れぬ山南に死角はなく、たった一人ですべてのゾンビを斬り伏せてしまいそうだった。

しかし、何の前触れもなく、突然、山南の動きがぴたりと止まった。

「ここまでのようです」

相変わらずの涼しい声で呟いた。そう言われても、何が、ここまでなのか分からない。歳三は山南に聞く。

「なぜ、やめる？」

「刀ですよ、土方君」

自分の刀を翳《かざ》した。血脂がまつわりついている上、すっかり反ってしまっている。ゾンビどころか、野良犬一匹も斬れぬだろう。

額に〝羌〟の痣のある屍どもがじわりじわりと距離を詰めて来る。

「よく戦った方じゃないですか」

他人事のように言い、使いものにならなくなった太刀を捨てると、今度は脇差しを抜いた。

「山南さん、あんた、脇差しで戦うつもりか？」

「まさか」

涼しげに笑うと、脇差しの刃を自分の首筋に当てた。

「できることはやりました。他にできることは死ぬだけです」

冗談を言っている顔ではない。迫り来るゾンビを見ながら、山南は静かに言葉を続ける。

「嚙まれてゾンビになるくらいなら、潔《いさぎよ》く死んだ方が武士らしいというものです」

返す言葉がなかった。山南の気持ちはよく分かる。歳三だってゾンビになるのはごめんだ。

山南の手に力が籠ったとき、

「わんッ」

聞きおぼえのある仔犬の鳴き声が聞こえた。

いつの間にか、足もとに総司に命を助けられた仔犬の姿があった。

「来たのか?」

歳三は声を張り上げた。八房の鳴き声に勇気づけられたわけではない。すぐ近くに、天才と呼ばれる美剣士がいると思ったのだ。

「総司、どこだ?」

しかし、総司はいなかった。その代わり、女の声が返事をした。

「沖田様は熱を出して、寝込んでおります」

知っている声だ。

「どうして、あんたが――」

聞き返すより早く、闇の中で炎が燃え上がった。篝火だ。大人の背丈ほどもある火柱が、二つ三つと点って行く。

燃え上がる炎に照らされ、女の姿が浮かび上がった。大弓を手にし、凜々しく引き締まった顔で歳三を見ている。

「迎えに参りました」

さな子は言った。

2

新しい獲物を見つけたとばかりに、遊女の屍どもがさな子に襲いかかる。

「逃げろッ、さな子ッ」

「さな子は逃げません」

そう言うや、弓を射た。

白羽の矢はゾンビの眉間に、ずぶりと突き刺さり、遊女の屍は崩れ落ちる。

「弓矢だと？」

歳三は呟いた。千葉の鬼小町が弓矢を使うとは知らなかった。北辰一刀流を知り尽くしているはずの山南でさえ、ぽかんとした顔をしている。

その一方で、さな子の動きは止まらない。立て続けに白羽の矢を放ち、一本残らず眉間に的中させている。七郎麿も見事だったが、さな子の腕前はそれを上回っている。

「恐ろしい腕前だ」

近藤が唸り声を上げた。

「当然です。何しろ、教え方がええですから」

さな子の背後から声が聞こえた。見れば、八木源之丞が立っている。

「教え方？　どういうことだ？」

歳三の質問に、源之丞は答える。

「さな子はんに弓のコツを教えました」

飯前に姿が見えなかったのは、坂本をさがしていたからではなく、源之丞に弓を教わっていたかららしい。理由は分からないが、胸のあたりが軽くなった。消えかかっていた気力とやらが湧いて来た。

「宿まで駆けるぞッ」

歳三はノサダを突き上げた。全世界を敵に回しても勝てる気がした。

しかし、近藤が首を振った。

「歳、無理だ。おまえ一人で行け」

周囲を見回せば、立ち上がることさえできない左之助を筆頭に、へたり込んでいる浪士が何人もいる。動ける浪士も丸腰で、さな子と源之丞の援護があろうと、ゾンビの群れを突破できるとは思えない。

「さな子さん、八木さん、芹沢を呼んで来てくれ」

近藤が二人に声をかけた。何を考えているのか、すぐ分かった。

「近藤さん、あんた――」

言いかけた言葉を、歳三は呑み込んだ。さな子と源之丞を逃がすつもりなのだ。

今、二人がいなくなれば浪士組は助かるまい。しかし、この状態では、遅かれ早かれ限界がやって来る。さな子と源之丞にしても矢が尽きれば、ゾンビの餌食になってしまうだろう。

斬れなくなった虎徹で、遊女の屍を殴り飛ばしながら、近藤は続ける。

「歳、山南さん、おまえたちはまだ動ける。さな子さんたちと一緒に、芹沢をさがして来てくれ」

　やさしい言葉で、歳三と山南を逃がそうとしている。一人でも助けたいという近藤の気持ちは痛いほど分かった。だが、

「断る」

　歳三は首を振った。理解できても納得はできない。

　近藤がため息をつく。

「おれの頼みが聞けんのか？」

「聞けない」

「じゃあ、どうするつもりだ。皆で死ぬのか？」

「死ぬのも断る」

　歳三は言ってやった。仲間を置いて逃げるのも、こんなところで死ぬのもごめんだ。

「朝まで持ち堪《こた》える」

　夜が終われば、ゾンビどもは消える。まだ日が落ちたばかりで、朝までは長い。それでも歳三は戦い抜くつもりだった。

「仕方のない人ですね」

馬鹿馬鹿しいと言わんばかりに山南は呟き、そのくせ、捨てたばかりの刀を拾い上げた。

「わたしも朝まで付き合いますよ」

朝まで戦い抜くと決めてから、一刻（二時間）ばかりの時が流れた。

何人かの浪士はゾンビの餌食となり、歳三や近藤の腕も上がらなくなり始めていた。

「もう無理だ……。立てねえ……」

「最初から……分かっていたこと……ですよ」

ぜいぜい息を切らせながら、左之助と山南が地べたに座り込んだ。試衛館の他の仲間も力尽きている。

そんな絶望的な状況の中、歳三はおかしなことに気づいた。さな子だけ無傷なのだ。

ゾンビは最初のころこそ、弓を射るさな子に襲いかかろうとしていたが、今は目もくれず歳三たちに襲いかかって来る。

――弓矢が怖いのか。

一瞬、そう思ったが、やはり腑《ふ》に落ちない。刀相手と違い、離れていた方が危なかろう。そもそもすでに死んでいるゾンビが弓矢を怖がるとも思えなかった。

――何かある。

しかし、その何かが分からなかった。

考え込む歳三の耳に、どさりという重い音が聞こえた。見れば、近藤が両膝を突き、土下座するような恰好で倒れ込んでいる。近藤にも限界が来たらしい。

「くそッ」

歳三の体力も尽きかけており、助けに入る余裕がない。

万事休す。さな子も周囲のゾンビを倒すのに、手いっぱいになっている。

「近藤さんッ」

大声で呼んだが、近藤はぴくりとも動かない。
十五、六の舞妓《まいこ》の屍が、近藤の首筋に牙を立てようとしたそのとき、べべんッと三味線の音が響いた。
ゾンビどもの動きがぴたりと止まった。三味線の音も止まり、沈黙が広がった。その沈黙を破ったのは、聞きおぼえのない女の声だった。

「それくらいにしとき、起美《きみ》」

声のする方向に目をやれば、三味線を手にした二十歳くらいの艶《あで》やかな芸者が、こちらに歩いて来た。

見知らぬ顔だが、ゾンビには見えない。額に〝羌〟の痣もなかった。抜けるように肌の白い、美しい芸者だ。

女のことを知っている者がいた。

「楢崎龍《ならさきりよう》でおます」

源之丞が呟いた。その名前なら聞いたことがある。

後に、坂本竜馬の妻・おりょうとして有名になる女だが、このときすでに、洛中や大坂では名が通っていた。

天保十二年(一八四一)、おりょうは京の都の裕福な医者の娘として生まれた。しかも町医者ではなく、父は久邇宮朝彦親王《くにのみやあさひこしんのう》——通称・中川宮の侍医であった。

皇族の侍医を務めていたことからも分かるように、おりょうの父は勤王家《きんのうか》だった。中川宮自身も異人を嫌い、日米修好通商条約に反対し、時の権力者であった井伊直弼《いいなおすけ》に目をつけられていた。

そして、安政五年(一八五八)、尊王攘夷や一橋派を弾圧する安政の大獄が起こると、中川宮は隠居永蟄居《いんきよながちつきよ》となり、おりょうの父も牢に繋《つな》がれてしまう。

牢暮らしが身体に堪えたのか病を得、赦免後《しやめんご》の文久二年(一八六二)、おりょうの父は帰らぬ人となった。

稼ぎ手を失った家族は忽《たちま》ち食うに困る。父に買ってもらった着物を売って糊口《ここう》を凌《しの》ぐが、やがてそれも尽きてしまう。

借金を重ねた挙句、おりょうの留守の間に母の貞《さだ》が性質《たち》の悪い男に騙され、妹の光《みつ》枝《え》が大坂に、同じく妹の起美が島原に売られてしまった。

絵に描いたような転落だったが、まだ続きがある。

起美の売られた先は芸者だが、光枝の売られた先は大坂の女郎宿である。妹を女郎にしてたまるかと、おりょうは包丁《ほうちょう》を懐《ふところ》に大坂に乗り込み、女衒《ぜげん》相手に啖呵《たんか》を切った。

「うちを殺すか、妹を返すか、どっちかにしてもらいましょう」

包丁をずぶりと畳に突き刺したという。

こうして光枝を取り戻し、面白い女がいると評判になった。

評判だけでは食って行けず、起美はそのまま島原の舞妓に、おりょう自身も京都七条新地の扇岩《おうぎいわ》で働いている。母娘ともども、尊王攘夷の志士たちとつながりがあるという噂もあるが、どこまで本当のことか分からない。

おりょうは十五、六の舞妓に言う。

「起美、成仏しいや」

この舞妓こそ、島原に売られたおりょうの妹の起美なのだ。

舞妓も遊女も日が落ちてからの方が、仕事は忙しくなる。座敷に呼び出されることも多く、起美もどこかでゾンビに襲われたのだろう。武士や町人に比べ、その危険は格段に高い。

舞妓や遊女の屍が、さな子を積極的に襲わなかった理由も、ようやく推測できた。このゾンビたちが憎んでいるのは男であって、さな子のような女ではない。

起美のように男に騙され売られた者も多く、しかも客は男ばかりである。

尊王攘夷の志士にしても、誰もが幸せになれる新しい世を作ろうと言っているくせに、平気で売られた女を抱く。理想を語りながら、舞妓や遊女を物のように扱う連中も多かった。

新しい世とやらがやって来ても、自分たちには関係がない。女たちはそう思っていた。

「ええ男と知り合うたんやで、起美」

妹の屍に向かって、おりょうは言葉を続ける。

「土佐弁のおかしな男やけど、あの人やったら、ちゃんとした国を作ってくれるよ」

三味線を地べたに置き、おりょうは懐から拳銃を取り出した。西洋のものらしく、見たこともないカタチをしている。

「男から借りて来た拳銃やで、起美。あんたを楽にしたろ思てね」

引き金を引く間際に、おりょうは呟いた。

「助けてあげられんで、ごめんね」

3

新徳寺での一件をきっかけに、浪士組は完全に分裂した。

「あのゾンビは清河のしわざに決まってるぜ」

血の気の多い左之助などは、今にも清河を斬りに行きかねない。

「決めつけるな、左之《さの》」

近藤は窘《たしな》める。確かに清河は怪しいが、ゾンビの黒幕と決めつけるのには無理がある。舞妓や遊女のゾンビの様子を見たかぎり、男——清河の言うことを聞くとは思えない。

「一緒に行かなくてよかったなあ」

呑気に呟いたのは総司である。すっかり熱が引き、八房と遊んでいる。元気になった総司を見て、八房が千切れんばかりに尻尾を振っている。

仔犬の頭を撫でながら、沖田総司は独り言のように呟く。

「でも、おりょうさんは見たかったなあ」

あのとき、おりょうの撃った弾は起美の額に命中した。とたんに、ただの死体となり、崩れ落ちた。

その後、ようやく騒ぎに気づいて駆けつけた芹沢らに助け出され、死地から切り抜けることができたのだ。ちなみに、おりょうは起美の死体を抱きかかえ、無言のまま去って行った。

「土方さん、どうして黙ってるんですか?」

「わん?」

総司と八房が歳三の顔をのぞき込んだ。

「清河が何を考えているのか、気にならないのか、歳」

近藤も怪訝《けげん》な顔をする。

「うむ……」

生返事をした。清河も気になるが、それ以上にさな子のことが気になっていた。

新徳寺で、おりょうが「土佐弁のおかしな男」と言ったとたん青ざめた。それ以来、さな子は塞ぎ込み、ろくに飯も食わない。聞かずとも何を考えているのかくらい、歳三にも分かった。

――土佐というと、坂本竜馬か。

舌打ちしたい気分だった。

名の通った女だけに、おりょうの噂はすぐに集まった。一緒に暮らしてこそいないものの、おりょうのそばには土佐弁の男の影があった。

おりょうの勤める扇岩に乗り込んでやろうかとも思ったが、仮に坂本竜馬とやらと会ったところで、何を言えばいいのか分からない。無関係な上に、誰がどう考えたって余計なお世話だ。

しかも、他に考えなければならないこともあった。

「このまま、江戸に帰るんですかねえ」

「わん？」

総司と八房が首を傾けた。二人が言っているのは、浪士組の今後のことだ。

江戸に帰り、攘夷のために防備を固めるべきだという清河の主張を受け、浪士組に対し、幕府から江戸帰還命令が出ていた。

総司を救う手がかりさえないまま、江戸に帰るつもりはなかった。歳三や近藤ら一派に加え、芹沢たちも京都に残留すると表明していた。

もちろん、ただ残っても意味がない。幕府から身分を保障されなければ、活動資金もなく、ゾンビと戦うことなどできやしない。頼みの綱は、将軍後見職に就任し幕府を動かしつつある七郎麿――一橋慶喜だけだった。

七郎麿を信じてはいるが、楽観視はできない。

清河が裏切った以上、幕府内でも浪士組の評判は地に落ちているはずだ。いつ、解散命令が出てもおかしくない。一歩間違えれば、討伐されかねない状況にある。

「七郎麿が、どうするかだな」

近藤は腕を組んだ。

その悩みは杞憂《きゆう》に終わった。


清河ら江戸帰還組が京から離れる前日の三月十二日夜、七郎麿から知らせが届いた。

「歳、やったぞ。朗報だ」

近藤は喜び、知らせを歳三に見せた。

そこには、京都守護職《きょうとしゅごしょく》・松平容保《まつだいらかたもり》の名で、壬生の浪士組を会津藩《あいづはん》預かりにすると書かれていた。

「今後、新選組を名乗れとも書いてある」

近藤は満面に笑みを浮かべ、集まって来た皆に言った。下手《へた》な武士より武士らしい近藤にしてみれば、〝新選組〟の名をもらったことがうれしかったのだろう。

そもそも、新選組は、天明《てんめい》のころから会津藩の軍制にある由緒正しい名で、武芸に秀《ひい》でた藩士の子弟三十人の部隊名だった。この名を許されたということは、京の都に残留した浪士組を公《おおやけ》の存在として認めることを意味する。

喜んだのは近藤だけではない。

「たいしたものでおますなあ」

我がことのように源之丞は喜び、八木邸の右門柱に『松平肥後守御預《ひごのかみおんあずかり》　新選組宿』と表札を出してくれた。文字を書いたのは山南で、意外なことに清河について行かず、壬生に残っている。

「江戸に行かなくていいんですか?」

総司が聞くと、真面目な顔で山南は答えた。

「沖田君を見捨てるわけにはいきませんから」

「山南先生、愛してます」

「わん」

総司と八房が抱きついた。

「止したまえ。そっちの趣味はない」

笑い声が溢れる中、ただ一人、歳三は眉間に皺を寄せていた。近藤が気づき、問いかける。

「どうかしたのか?」

「近藤さん、金だ。金が欲しい」

歳三は答えた。

新徳寺で舞妓や遊女の屍に囲まれ、分かったことがある。今の歳三たち——新選組ではゾンビを倒すことはできない。おりょうが現れなければ、一人残らず喰われていただろう。

ゾンビと戦うためには、新選組を強くする必要がある。武器と人材。一刻も早く、その二つを揃えねばなるまい。そのためには金がいる。新選組となったが、幕府がどれくらいの金をくれるか分からない。幕臣の誰も彼もが新選組に賛成しているわけではなかろう。七郎麿の力を持ってしても、満足にゾンビと戦えるだけの金が出るのか分からない。

「商人から借りては、いかがでおますか？」

源之丞が口を挟んだ。

「押し借りか」

近藤が渋い顔をした。

尊王攘夷の志士を名乗る食い詰めどもがよく使う手で、活動資金の名目で商家から金を借りて行く。むろん返すつもりなどなく、強盗と変わりがない。

「その金じゃ駄目だ」

歳三はにべもなく言った。そんなことをすれば不逞浪人と変わりがなく、隊の規律が緩んでしまう。ゾンビと戦うには鉄の結束が必要だ。

「芹沢先生と違って、土方さんは真面目だなあ」

「わん」

総司と八房が茶化した。

芹沢が押し借りをしていることは知っていた。しかも、その金で遊び回っているという。おかげで浪士組の評判は地に落ちている。

——何を考えてやがる。

音に出さず舌打ちした。新選組の中枢を担うべき男が、率先して組織を腐らせている。言葉にできぬ苛立ちを振り払うように、歳三は言う。

「筋のしっかりした金がいる」

「七郎麿に手紙を書くか」

近藤は腕を組んだが、その必要はなかった。

七郎麿は幕府を当てにしなかった。直接、会津藩から金が出ることになった。これで隊士を徴募できる。

後は武器を手に入れるだけだ。

八　平野屋《ひらのや》

1

　さな子を伴って歳三が大坂に下ったのは、文久三年四月二日のことだ。

「面倒な仕事を増やしおって」

　歳三は機嫌が悪い。

この日、大坂にやって来たのは、ゾンビ退治のためではない。簡単に言えば芹沢の尻拭いだ。

　会津藩預かりとなっても芹沢の不行状は収まらず、いまだに押し借りを重ねている。あろうことか、大坂の平野屋五兵衛《ごへえ》から百両もの大金を得ていた。

　――相手が悪すぎる。

平野屋五兵衛といえば、大坂どころか全国でも屈指の両替商で、幕府御用を務めている。

幕府肝入りの新選組が、幕府御用の両替商に手を出したのだ。問題にならない方がどうかしている。歳三の役割は謝罪である。

「あんたも災難だな」

さな子に声をかけた。

むさ苦しい近藤より、千葉道場の娘が同行した方が丸く収まる――。そんな山南の意見のせいで、巻き込まれたのだった。

「いえ」

さな子は言葉少なに答えた。おりょうの一件が尾を引いているのか、いまだに塞ぎ込んでおり、大坂までやって来る道中も、ほとんど口を利かなかった。

――勝手にしろ。

何度もそう思ったのに、気がつくと話しかけている。そんな自分が腹立たしかった。

昼時を少しすぎたころ、歳三とさな子は平野屋に着いた。

会ってもらえぬことも覚悟していたが、予想に反して、客間に迎え入れられた。しかも、商人らしい丁寧な口振りで長旅を労《ねぎら》ってくれた。

「ご足労をおかけしました」

「いや……」

　歳三の方が戸惑った。

　主人の五兵衛は、小太りの人のよさそうな男だった。

　歳三のことを〝新選組一の剣術使い〟と、芹沢から聞いていると上機嫌で言った。

話し好きなのか、さな子にもお世辞を言った。歳三のたどたどしい詫びの口上に笑顔で応じ、百両も受け取ってくれた。百両など銭のうちに入らぬと言わんばかりで、押し借りに苦情を言う男には見えない。

　とにかく役目は終わった。日が落ちる前に宿に帰ろうと、腰を上げかけたとき、五兵衛が呼び止めた。

「土方様、見ていただきたいものがございます」

　何かを売りつけようとしているように見えた。それまでとは打って変わって、商人らしい油断のない笑みを浮かべている。

　歳三は首を振った。

「またの機会にしてもらおうか」

慣れぬ謝罪をしたせいか、身体の芯《しん》から疲れていた。無口なままのさな子のことも気にかかる。早く壬生に帰りたかった。

しかし、五兵衛は引き下がらない。諭す口振りで話を続ける。

「身どもは商人でございます。土方様の欲しい物は存じ上げております」

意味ありげな言葉に、歳三は眉を顰めた。持って回った言い方は好きではない。単刀直入に聞いた。

「何を売るつもりだ？」

「ゾンビ退治の道具でございます」

五兵衛は答えた。


平野屋の裏庭には大きな蔵がある。火事に巻き込まれても燃えぬよう、頑丈に造られていた。

平野屋の蔵といえば有名で、主人以外、開けることはできず、ご禁制のお宝が眠っていると噂を立てられていた。

ご禁制はご禁制でも金銀財宝ではなく、蔵いっぱいに銃や火薬が眠っていると歳三は睨んでいる。

――突飛《とつぴ》な想像ではない。

遅かれ早かれ、幕府の存亡を賭けた合戦が起こる。すると銃や火薬は高騰《こうとう》する。機を逃さず売り捌《さば》けば、莫大な富を築けるはずだ。平野屋だけではなく、日本中の大商人たちが火薬を買い溜めていることだろう。

やり口は気に入らぬが、金を稼ぐのが商人の仕事なのだ。文句をつける筋合いはない。

「売ってしまっていいのか?」

歳三は聞いた。儲《もう》けるつもりなら、まだ売るのは早い。むしろ今は買い溜めるべきだ。

「ゾンビを退治しないかぎり、商売どころではありますまい」

五兵衛はもっともなことを言った。実物を見た歳三でさえ我が目を疑うことが多いのに、生き返った屍などという突拍子《とつぴようし》もない話を、五兵衛は心の底から信じているようだった。

「なぜ、ゾンビのことを知っている?」

今さらのように、歳三は聞いた。

混乱を避けるため、ゾンビの件は公にされていない。噂くらいは耳にしているかもしれないが、五兵衛の言いようは確信に満ちていた。

「金で買えないものはございません」

五兵衛は首を竦めた。情報を買ったということだ。

芹沢の太った顔が思い浮かんだ。確たる証拠はないが、他に売りそうな男はいない。

——困った男だ。

清河に芹沢と、頭痛の種が多い。愚かな男ではないはずなのに、困ったことばかり引き起こす。

二人のことは後で考えるとして、平野屋の蔵に銃器があるなら、目だけでも通しておきたい。洋銃であれば、金の許すかぎり買い取りたかった。

「見せてもらえるか」

「どうぞ」

五兵衛が蔵の鍵を開けた。扉が開くより前に、歳三とさな子に言う。

「すぐ中に入ってくださいませ」

物が物だけに人目を気にし、声を潜めている。

「中には灯りがございませぬ。これをお持ちください」

そう言って、蠟燭を歳三に渡した。一緒に蔵に入らぬつもりらしい。誰かがやって来ないか、蔵の前で見張っているのだろう。

「どうする？」

ここで待っているかと、歳三はさな子に聞いた。連れて行く必要はないが、待たせておく理由もない。

「土方様と一緒に参ります」

きっぱりした口調で、千葉の鬼小町は言った。

2

「どこに何があるのか見えぬ」

歳三は独りごちた。

蔵の闇は思っていたより深く、蠟燭一本では満足に歩くことさえ難しい。しかも、噎《む》せ返るほど火薬のにおいが充満している。まるで火薬庫だ。

「話にならん。外に出よう」

歳三はさな子に言った。

闇が深すぎてまともに見えない上に、火薬庫の中で蠟燭を持っていては危なっかしい。

「扉を開けてくれ」

蠟燭を持ったまま、歳三はさな子に言った。しかし、

「開きません」

鬼小町の戸惑った声が返って来た。

「開かない？」

胸騒ぎに襲われながら歳三は蠟燭をさな子に渡し、蔵の扉に手をかけた。力を込めると、がちゃりと鳴った。外から鍵がかけてある。

「平野屋ッ、何の真似だッ？」

大声を上げたが、五兵衛は返事をしない。早く開けろと扉を叩いたが、蔵の外は静まり返っている。

「訳が分からん」

歳三は呟いた。

蔵に閉じ込められたことは分かるが、何のためにこんな真似をするのか分からなかった。

歳三とさな子が平野屋にやって来たのは、新選組としてのお役目であり、言ってみ

れば公用だ。平野屋を訪れたことは、誰もが知っている。決まった時刻に帰らなければ、新選組の仲間——近藤や総司あたりがさがしに来るだろう。見るからに怪しい蔵を見逃すはずはない。

「少し様子を見るか」

歳三は言った。騒いでも体力を失うだけである。

五兵衛に呼びかけるのをやめると、蔵の中は静まり返った。蠟燭の灯りが乏しいこともあって、いつの間にやら、歳三とさな子は身を寄せ合うように立っていた。よく分からぬが、妙に息苦しい。さな子と出会ってから、ときおり胸が苦しくなる。

——労咳にでもかかったのか。

暗闇の中で、そっと首を傾げた。

「巻き込んでしまって悪かった」

歳三はさな子に謝った。

新選組の一員のようになっているが、正式に入隊したわけではない。さな子の意志で一緒にいるとはいえ、ゾンビと戦ったり蔵に閉じ込められたり、ひどい目に遭っている。この調子では、坂本をさがす暇さえあるまい。

消え入りそうな声が返って来た。大坂までの道中同様、目を伏せて歳三を見ようともしない。

「いえ」

痛に障った。

「いい加減にしてもらえないか」

——女相手に喧嘩をして何になる。

そう思ったが、言葉は止まらない。

「坂本とやらが気になるのは分かるが——」

「違うんです」

さな子の声が遮った。気丈な娘に不似合いな、今にも泣きそうな声だった。

歳三の怒りは萎《しぼ》んだ。

「責めてるわけじゃない」

明らかに責めていたくせに、そんな言い訳をした。

「だから違うんです」

いっそう小さな声で、さな子は言った。

「違う?」

何を言おうとしているのか分からない。

「おりょうさんに坂本様の話を聞いたとき、目の前が真っ暗になりました」

惚れた男に女がいたのだから当然だろう。誰だって落ち込む。

歳三の心を読んだように、さな子は首を振る。

「そうじゃないんです。違うんです」

何も言っていないのに同じ言葉を繰り返し、それから、歳三の目をのぞき込んだ。

「おりょうさんの言葉を聞くまで、坂本様のことを忘れていました。あんなに好きだった坂本様が、心のどこにもいなかったんです。薄情な自分に驚いて、目の前が暗くなりました」

さな子は口を噤《つぐ》んだ。

不器用な沈黙の後、おずおずとさな子が口を開いた。

「土方様――」

「言うな。言わないでくれ」

歳三は遮った。

「先に、おれに言わせてくれ。おれはあんたのことを――」

その言葉を最後まで言うことはできなかった。二人の邪魔をするように、蔵の片隅からがさりと音が聞こえた。

反射的に、歳三はさな子を庇った。乏しい蠟燭の灯りではよく見えぬが、蔵の片隅で蠢《うごめ》くものがあった。

「誰かいるのか？」

ノサダの鯉口を切りながら、闇の向こうに声をかけた。

返事の代わりに呻き声が聞こえ、人の姿をした何かが立ち上がった。

「まさか……」

嫌な予感は的中する。

「身どものせがれで、春吾《しゅんご》と申します。先日、〝麻疹〟で命を落としました」

扉の向こうから、五兵衛の声が聞こえた。

その言葉を聞いて、いくつかの出来事が腑に落ちた。奉公人を蔵に入れぬのも、噎せ返るほどの火薬のにおいも、ゾンビの存在を隠すための方便なのだ。

つまり、平野屋の主人が蔵の中に隠していたのはご禁制の品ではなく、息子のゾンビであった。

「少し離れていてくれ」

ノサダを抜きながら、さな子に言った。

小石川や新徳寺でゾンビに襲われたときと違い、歳三は落ち着いていた。鍵をかけられ閉じ込められているが、蔵の中にゾンビは一人しかいない。外では日が照っており、新手の屍はやって来るまい。

過去の戦いで分かったことだが、死人というだけのことで強いわけではない。むしろ、全身が腐りかけているせいで脆《もろ》く、動きは鈍かった。一匹なら、倒せぬ相手ではない。

「すぐ終わる」

歳三は呟き、近づいて来る影との距離を測りながら、ノサダを右肩に担ぐように構えた。

蠟燭の灯りの中に、平野屋のせがれ——春吾の腐りかけた身体が入った瞬間、ノサダを担いだ格好で、土方歳三は走った。

薬屋として山歩きをしていたころに、

〝鬼の生まれ代わり〟

そんな噂が立ったことがあるほど足が速い。ただでさえ動きの鈍いゾンビに負けるはずがない。

ゾンビの背後に回り込み、後頭部から叩き斬るつもりでいた。しかし、
消えた。

「……ッ」

背後に回り込んだ瞬間、視界から屍が消えた。何が起きたのか分からなかった。

敵を見失い立ち尽くしていると、さな子が鋭い声を上げた。

「土方様、後ろですッ」

とっさに前方にとんだ。耳もとで空を切る音が聞こえ、頬に鋭い痛みが走った。頬に傷を負った。深い傷ではないが、血が滴《したた》っている。

「ちッ」

歳三は舌打ちした。信じられぬ話だが、春吾のゾンビの動きは歳三より速かった。消えたのではなく、目が追いつかなかったのだ。

意志が残っていた吉田松陰のように、他の屍と違う能力を持つ〝変種のゾンビ〟がいるようだ。なぜ、異能のゾンビがいるのか――。戦うたびに謎が増えて行く。

春吾の屍がすぐ近くに立っていた。長く伸びた爪には歳三の血がついており、落ち窪んだ目で、こちらを見ている。

「土方様――」

「来るなッ。――来ないでくれ」

駆け寄ろうとするさな子に言った。

勝算があるわけではなかった。勝手の分からぬ暗闇ということもあって、屍の動きを目で追うことさえできぬが、さな子に助けてもらうわけにはいかない。

比留間道場での戦いのときは七郎麿や芹沢に助けてもらい、先日の新徳寺ではおりょうに救われた。吉田松陰の言葉を頼りに、〝キョウ〟とやらをさがしに上洛したが、ゾンビを狩るどころか逃げ回っているだけである。

総司を救わなければならない。

日本を清国のようにしてはならない。

松陰と違い、愛国心と呼べるほどの何かを持っているわけではないが、生まれ育った日の本の国をゾンビや異人に乗っ取られるのはごめんだ。そのためには、新選組も、歳三自身も強くなる必要がある。

「さな子、そこで見ていてくれ」

ノサダを握り直した。

3

歳三は「来るな」と言ったが、さな子は飛び出すつもりでいた。刀も弓もなく、懐刀がほんの一振りあるだけだが、加勢するつもりでいる。言うことを聞かぬ女だと嫌われるかもしれない。

それでもいい。この世に一人残されるより、歳三と一緒に死んだ方が幸せだ。

竜馬の笑顔が脳裏に浮かんだが、すぐに無愛想な歳三の顔に変わった。仏頂面がよく似合う、気難しい男に自分は惚れている。将来を約束した竜馬がいるのに、歳三のことが好きなのだ。

——仕方のない女だ。

自分でもそう思うが、気持ちを押さえ切れない。源之丞に弓を習ったのも歳三の役に立ちたいからだった。

蠟燭を足もとに置き、さな子は懐刀を抜いた。

しかし、飛び出す暇さえなかった。

さな子が懐刀を握った瞬間、ゾンビが歳三に襲いかかった。

その動きは素早く、蠟燭の灯りだけでは、目で追うことさえできない。

――土方様が殺される。

悲鳴を上げそうになったそのとき、ノサダが円を描いた。

すぱんッと音が鳴り、春吾の屍が倒れた。見れば、膝のあたりで両脚が切断されている。

「天然理心流、闇稽古」

そう呟く歳三は目を閉じていた。

「土方様――」

凄まじい技を目の当たりにして、さな子は言葉を失った。

千葉道場でも闇稽古は行われる。ただ、闇と言っても、完全な暗闇になることは滅多になく、道場の隙間から微かに明かりが入って来ていることが多かった。

暗闇に怯えるのは人の性《さが》で、闇稽古と言いながら、誰もがその微かな光に縋《すが》ろうとする。そこに隙が生まれ、打たれるのが常だった。

目を閉じることで、歳三はその隙を殺した。目に頼らぬ方がいいと分かっていても、命の懸かった場面でできることではない。間違いなく歳三は強い。真剣を持たせれば、兄の重太郎より格段に強い。

い。

——坂本様とどっちが強いのだろう。

二人が斬り合ったとき、自分はどちらの味方をするだろうか。さな子には分からない。

勝負はついた。

両脚を失った春吾は動けず、腐った血を流しながら、歳三を見上げていた。勝ったはずの歳三も動かず、静かに春吾の屍を見ている。

「土方様——」

とどめを刺そうとしない剣士に声をかけたが、歳三は首を振る。

「幕を下ろすのは、おれじゃない」

その言葉に応えるように、五兵衛が蔵の中に入って来た。手に小さな提灯を持っている。

「無礼なことを致しました」

「いいから早くやれ」

無愛想に言い、歳三はノサダを渡した。

「すみません」

五兵衛はノサダを受け取り、両脚を斬られ動けなくなった春吾に歩み寄った。涙を浮かべたその顔は、我が子を思う父親のものだった。

「春吾とやらは、おそらく総司と同じだ。どこかでゾンビに嚙まれ、すぐには死ななかった」

歳三は呟いた。

「その通りでございます」

五兵衛はうなずいた。

芹沢からゾンビの話を聞いていた五兵衛は、春吾を蔵に移し、死なぬよう手を尽くした。

だが春吾は死んでしまい、死体を焼く暇もなくゾンビとなってしまった。額に〝羌〟の痣が浮かび、五兵衛に嚙みつこうとした。

蔵の中に移しておいたのが幸いし、周囲に被害は出なかった。

ゾンビと言っても永遠に存在するわけではない。身体が朽ちてしまえば、この世から消えてしまう。放っておけば、蔵の中で春吾は腐り落ちるはずだった。

しかし、五兵衛は放っておけなかった。

「せがれを楽にしてやりたかったんです」

そうは思ったが、どうしていいかさえ分からない。騒ぎ立てて春吾を見世物にしたくないという気持ちもあり、五兵衛は芹沢に相談を持ちかけた。

「相談する相手を間違えている」

歳三は指摘した。

騒ぎ立てず戦うのは、芹沢の得意とするところではない。隊士の誰か——歳三に丸投げしようとした。

当然だが、事情を話せば騒ぎは大きくなる。たった一人でゾンビと戦うなど、近藤は許さないだろう。

「芹沢らしい芝居がかったやり方だ」

言葉とは裏腹に、歳三の声は沈んでいた。春吾と総司の姿が重なった。

「土方様のおかげで、この手で始末をつけることができます」

「そうか」

他に言うべき言葉が見当たらなかった。

「先にあの世に行ってなさい」

春吾の脳天に五兵衛がノサダを振り下ろした。

4

大坂の平野屋から壬生の八木邸に帰った翌日、歳三が部屋でくつろいでいると、総司と八房がやって来た。

「さな子さんと二人で旅なんて、うらやましいなあ」

「わん」

顔を出すなり、そんなことを言い出した。

「馬鹿なことを言うな。ひどい目に遭った」

からかわれていると知りながら、歳三はむっとする。

平野屋でゾンビに襲われたことは伝えてある。近藤や左之助は芹沢に詰め寄り、山南でさえ嫌な顔をしたというのに、総司ときたらくすくす笑っている。

「若い二人の仲を取り持とうとするなんて、芹沢先生も粋なことをしますねえ」

「わん」

仲を取り持つも何も、蔵から出て来て以来、さな子とは一言もしゃべっていない。思わせぶりな台詞を聞いたせいか、気楽に話しかけることさえできなくなった。

苛立ちながら、歳三は聞く。

「何の用だ？」

「嫌だなあ、忘れちゃったんですか」

総司が大仰《おおぎよう》に顔を顰め、八房までが呆れたように「わん」と鳴いた。日に日に、八房が総司に似て行く気がする。

「だから、何の用だ？」

辛抱強く歳三は聞いた。

「今日は起美さんのお葬式ですよ」

すっかり忘れていた。これから八木邸で、おりょうの妹の供養《くよう》をしてやることになっていた。

葬式を出してやりたいと言い出したのは、源之丞だった。

「袖振り合うも他生《たしよう》の縁です」

袖振り合うどころか、もう一歩で喰われるところだった。

だからと言って、起美や遊女のゾンビたちを恨む気持ちはなかった。あるのは憐れさばかりだ。

「色町で苦労して、訳の分からんもんに嚙まれ、化け物になった挙句、供養もしてもられへんのは気の毒です」

　源之丞は言った。

　葬儀の場に行くと、おりょうの姿があった。

　歳三が葬式に顔を出すのは、供養のためだけではない。少しでも多くゾンビの噂を集めたかったからだ。

「少し聞きたいことがある。あんたの妹がゾンビになった件だ」

　挨拶もそこそこに、歳三は切り出した。葬式で聞くべきことではなかろうが、ぐずぐずしている暇はない。平野屋の春吾を例に挙げるまでもなく、確実にゾンビの害は広がっている。

「聞いてもいいか？」

「はい」

　おりょうは小さくうなずいた。さな子より年下と思えぬほど落ち着いている。最初から聞かれることを予想していたのかもしれない。

「誰に感染《うつ》されたか分かるか？」

　単刀直入に聞いた。

「分かりまへん」

おりょうは首を振った。起美は、人と会うのが商売の芸者なのだ。姉が知らぬのは当然だろう。起美自身、誰に感染されたか知らぬ可能性だってある。

分かってはいたが、簡単に諦めるわけにはいかない。唯一とも言える手がかりだ。

「何でもいい。誰かと会ったとか言ってなかったか？」

「いえ。すんません」

再び、おりょうは首を振った。起美は口が堅く、相手が姉だろうと客のことはしゃべらなかったという。

「そうか」

歳三はため息をついた。何か思い出せと言う方が無理なのだ。

諦めて踵を返しかけたとき、突然、おりょうが吹き出した。

何事かと見れば、くすくすと笑っている。

「どうかしたのか？」

「思い出したことがあるんです」

言い訳のように、おりょうは言った。一度だけ、起美が客の話をしたことがあるという。

「どんな客だ？」

身を乗り出した歳三を手で遮り、笑いながらおりょうは言う。

「それが客やないんです。子守りやったんです」

子供を連れて遊びに来た客がおり、下っ端の起美が子守りをすることになったということらしい。

目を潤ませて、おりょうは言う。

「外国の子供みたいやったなんて、異人を知りもせんくせに」

――異人の子供。

何かがつながり始めている。

九　お蓮《れん》

1

江戸に戻って以来、清河八郎は山岡鉄太郎宅に寄宿している。

清河塾の門下生だった縁で家に置いてくれているが、山岡の身分は幕臣である。尊王攘夷を唱えて幕府を裏切った清河を、自宅に置くのはまずいに決まっている。

「絶対に出歩かないでください」

と、何度も念をおされた。

しかし、清河は隠れていない。山岡の言うことを聞かず、夜になると遊郭を渡り歩き、派手に遊んだ。金がなくなるとそこらの商家に押し入り、七星剣で脅し取った。天下を取れる大人物とまで言われた清河の評判は、地に落ちている。鼠族《そぞく》と罵る者も少なくない。

「何を考えているのですか、清河先生」

山岡はため息をついた。

教え子だっただけに、山岡の気持ちは手に取るように分かった。清河に失望しているのだ。

「誰もが笑って暮らせる国を作るのではなかったのですか？」

幕臣が言ってはならない言葉を、山岡は口にした。清河塾でともに理想を語り、新しい国を作ろうと語り合った仲間だ。

後に、「金もいらぬ、名誉もいらぬ、命もいらぬ人」と西郷隆盛《さいごうたかもり》に評されたほどに、山岡は真っ直ぐな男だった。幕臣でありながら、本気で国の行く末を憂えている。

その真っ直ぐさから目を逸らし、清河は立ち上がった。

「出かけて来る」

「どこに行くのですか？　まだ話は終わってません」

尖った声で、山岡は言った。

「女のところだ」

清河は背を向けた。

それから一刻後の暮れ六つすぎ、清河は女と二人で、麻布《あざぶ》の町を歩いていた。京の都と同様、日が沈むと人通りはなくなる。

麻布の町にもゾンビが出始めていることを知っているが、清河は夜歩きをやめなかった。強がっているわけでも無頼を気取っているわけでもない。夜にならなければ、会えない女がいるのだ。

名は、お蓮《れん》。

清河の妻で、今隣を歩いている。

お蓮に話しかけようとして、咳込んだ。咳には血が混じっており、清河の着物を汚した。ここ数日――正確には、浪士組として上洛した日から病んでいた。熱を出して寝込んだかと思えば、凍えるほどに寒い。鏡をのぞくと、目が落ち窪み始め、顔色も死人のように青白かった。

やがて咳が治まった。

「寒くはないか？」

隣を歩くお蓮に声をかけた。病んでいるせいなのか、日が落ちるとひどく肌寒い。お蓮は返事をせず、清河に抱きついて来た。頭一つ小さい妻の身体は冷え切っていた。

「江戸は寒いな。庄内よりずっと寒い」

雪ばかり降っている、生まれ故郷の庄内を思いながら、清河は呟いた。

お蓮と出会ったのは安政二年（一八五五）のことだ。

江戸で〝文武兼備の英士〟と評判を取った清河は、北辰一刀流玄武館の後輩・安積《あさか》五郎《ごろう》と庄内に帰郷していた。周囲におだてられていたこともあり、ひとかどの人物になったつもりでいた。

湯田川《ゆだがわ》温泉で女を呼んで酒を飲んでいると、お調子者の安積が金をまき始めた。呼ばれていた女の多くは女郎で、一人残らず金に困っており、脇目も振らず、安積のまいた金に飛びついた。一銭でも多く金を自分のものにしようと、奪い合いを始めた。

安積は笑い、清河も笑った。

遊女相手に金をまくのは、江戸や京の遊郭ではよくある座興で、それほど珍しいものではない。金まきを待ちわびている女郎も多かった。

そんな中、一人だけ金を拾わぬ女郎がいた。酒宴に呼んだ女たちの中で最も若く、そのくせ、悲しそうな目をして、静かに座っていた。目と鼻の先に、金が落ちていても拾おうとしない。

清河は聞く。

「金を拾わぬのか?」

「お許しください」

若い女郎は頭を下げた。身体は売っても心は売りたくない。そんなことを口早に言った。

生意気だとは思わなかった。二十にもならぬ若い女郎の言葉に、清河は打ちのめされたのだった。

泥水にどっぷり浸かっている女郎のくせに、娘の目は澄んでいた。その瞳には酒に酔った自分の姿が映っている。憂国の士を名乗りながら、酒や女に溺《おぼ》れている自分がひどく汚れて見えた。

「名を聞かせてくれ」

我知らず言葉を改めていた。自分から女郎の名を聞いたのは初めてだ。

「高代《たかよ》と申します」

幼い顔の女郎は答えた。その場で清河は高代を妻にした。

高代に〝お蓮〟と名づけたのは、清河だった。

蓮《はす》の根は泥中に埋もれているが、その花は清らかで美しい。蓮は泥より出でて泥に染まらず、高代――お蓮にぴったりの名だと思った。

祝福されて夫婦《めおと》になったわけではない。

場末の安女郎を妻にすると言うと、父は怒り狂い、母は泣いた。親戚たちは清河を罵った。生家から勘当されたが、それでもお蓮と一緒になった。

そのころ清国の惨状を吉田松陰から聞き、ゾンビのことを知った。

「信じられん……」

しかし、調べてみると本当だった。松陰ほどゾンビについて知らなかったこともあり、異人が病を持ち込むと清河は考えた。

夷狄から国を守るため尊王攘夷の志を強くする。

――異人を国に入れてはならない。

万延元年（一八六〇）、山岡鉄太郎らとともに〝虎尾《こび》の会〟を結成する。手段を選ばず、異人を国から追い出そうとした。お上に逆らったのも一度や二度ではない。

当然のように、幕府に目をつけられ、清河が留守の間にお蓮は投獄されてしまう。

拷問《ごうもん》と変わらぬ厳しい尋問に遭ったにもかかわらず、お蓮は清河のことを一言もしゃべらなかった。

妻を救うため牢獄に斬り込もうとしたが、仲間たちに止められた。

清河に心酔する幕臣の計らいもあって、翌文久二年、お蓮は庄内の藩邸に移された。事実上の釈放であり、清河は迎えに行った。

久しぶりに会ったお蓮は、〝麻疹〟にかかっていた。本物の麻疹ではない。死ぬとゾンビになるあの病だ。


お蓮を救うため、清河は奔走《ほんそう》した。

倒幕も佐幕もなく、憂国の志さえ消えていた。お蓮の〝麻疹〟を治すためなら、何でもするつもりでいた。

〝麻疹〟の感染経路を探ると、長崎に辿り着いた。小石川の僧が江戸に持ち帰ったという話は誰もが知っており、辿るのは難しくなかった。清人の少年が国内に麻疹を持ち込んだという噂も聞いた。その少年を京で見かけたという話も耳にした。

しかし、そこまでだった。

清人の少年を見つけることができなかったのだ。ふがいない清河のせいで、日に日にお蓮は痩せ細って行く。

焦燥《しょうそう》ばかりが募る中、清河のもとに浪士組結成の話が持ち込まれた。表に名は出ぬが、陰の立役者は一橋慶喜だという。

京の警護などしている余裕はない。断るつもりで一橋屋敷に行くと、一橋公の私室に通された。

人払いをし、一橋公は言う。

「浪士組結成の本当の目的は、この国をゾンビから守ることだ」

さすがの清河も驚いた。

次の将軍とも言われる一橋慶喜が、ゾンビという言葉を口にするとは思ってもいなかった。

当然と言えば当然のことだが、一橋公は、お蓮がゾンビになりかけていることを知らぬようだった。ただ、日の本の国を救うため、力を貸して欲しいと言うのだ。

「浪士の中にゾンビに嚙まれた男がいる」

一橋公は言葉を続けた。

「ゾンビに？　まだ生きているのですか？」

「生きている」

お蓮と同じ境遇の男がいるらしい。

驚いたのはそれだけではなかった。

「連中は、吉田松陰の最期の言葉を聞いている」

「最期の言葉？」

一橋公が何を言っているか分からず、清河は聞き返した。

「その連中とやらは、牢役人ですか？」

「牢役人ではない。剣士だ」

「なぜ、剣士が……」

吉田松陰は刑死している。牢役人以外が最期の言葉を聞ける道理がない。しかし、

「松陰は死んだが死んでいなかった」

禅問答のような言葉だが、それで分かった。

「ゾンビになっていたのですね」

暗澹《あんたん》たる気分で清河は呟いた。誰も彼もがゾンビになって行く気がする。

一橋公は言う。

「ゾンビとなった松陰の言葉を、試衛館の剣士たちが聞いたのだ」

これ以上の手がかりはあるまい。

清河は浪士組の仕切り役を引き受けた。今度こそ、清人の少年に辿り着ける気がした。

やがて浪士組としての日々が始まった。

浪士組として上洛するとき、誰にも言わず、秘密裏にお蓮を連れて行った。日一日と衰弱し続ける身体は心配だったが、庄内にも江戸にも置いて行きたくなかった。離れてしまったら、二度と会えない気がしたのだ。

お蓮がゾンビになりかけていることは、誰一人として知らない。麻疹を患って死んだことになっている。キョウとやらの正体が分からぬ以上、浪士組の仲間にも山岡にも言うつもりはなかった。

お蓮は京に向かった。駕籠《かご》を雇い、なるべく疲れぬようにしてやった。

幸いにも名の売れている清河は大将扱いで、他の隊士より自由が利いた。金を使うことも許された。

隊を抜けては、お蓮に会いに行った。人目をごまかすため、なるべく遊女屋で会った。隊士たちは、清河が遊び歩いていると思ったことだろう。

遊女屋に行くのは、お蓮と会うためばかりではなかった。ゾンビの手がかりを摑むためでもある。寝物語という言葉があるように、女郎ほど噂に詳しい者はいまい。

案の定、色町の至るところでゾンビの噂は広まりつつあった。

何人もの遊女が〝麻疹〟だか〝ころり〟だかに罹り命を落としている。投げ込み寺に捨てに行くと、前に葬ったはずの女郎の死体が消えており、ふらふらと夜の町を歩く姿を見た者さえいた。

しかし、いつもそこで話は途絶えた。

「キョウという清国人の子供を知らぬか？」

そう聞いても首を捻るばかりだった。西洋人と違い、清国人は日本人と似ている。髪型や着物を揃えれば、日本の子供と見分けがつかぬという。またしても、清河は行き詰まった。

時間ばかりがすぎて行き、お蓮の病状は進んで行く。焦燥に駆られた清河は闇雲《やみくも》に遊郭を駆け回った。利用するつもりだった浪士組のことさえ、頭から消えていた。

そんなとき、島原の一人の遊女が口を開いた。

「清国人かどうかは分かりまへんが——」

公家の酒宴に呼ばれたとき、妙な話を耳にしたと言った。聞けば、おかしな場所で、二人の子供が遊んでいる。そんな噂が公家たちの間で広まっているらしい。

「二人の子供？」

清河の知るかぎり、清国人の少年は一人のはずである。キョウと関係ない話かもしれぬと思ったが、他にそれらしい手がかりもない。

「おかしな場所？　どこだ？」

答えようとしない。遊女は怯えていた。重ねて聞くと、口にすることさえ憚られるところだ、と囁いた。

島原にかぎらず、遊郭は禁忌《きんき》が多い。口にしてはならぬ場所もあるのだろう。ならば、直接聞くしかあるまい。

「せめて公家の名を教えてくれぬか？」

清河が言うと、遊女の顔から血の気が引いた。

「この世におりまへん」

「いない？」

「話をしてはったお公家はんは、皆、殺されてしまいました」

島原の遊女は言った。

それ以上、何を聞いても答えなかった。あまりの出来事に黙っていることができず、清河相手にしゃべったものの、話しているうちに怖くなったのだろう。がたがたと震えている。

「また来る」

日を改めようと思い、清河は島原を後にした。真相かどうかは分からぬが、何かに近づいている予感があった。

――お蓮を救えるかもしれん。

清河は思った。

しかし、二度と話を聞くことはできなかった。

三日後、その遊女の死体が加茂川《かもがわ》に浮いた。

遊女から話を聞くことはできなくなったが、手がかりらしきものは掴んだ。公家連中に聞けばいい。手間はかかるだろうが、最近死んだばかりなら行き着けるはずだ。

公家に近づくため、清河は幕府を裏切った。

「皇命のみに従う」

浪士組を集めて、そう宣言した。

幕府を腰抜けと非難するが、それ以上に朝廷は無力だ。子供が幽霊を怖がるように、公家たちは異人を恐れていた。国を鎖《とざ》し、夷狄を追い払えと喚くばかりである。

追い払えるわけがない。

黒船一つ見ても、西洋と日本の武力の差は明らかだ。無理やりに追い払おうとすれば、日本を攻める口実を与える。そんなことさえ、公家どもは分かっていなかった。本気で、幕府に異国船を打ち払えと命じている。

中でも、時の天皇である孝明帝の異人嫌いは、巷にまで聞こえている。異人と同じ空気を吸っていることさえ耐えられぬと言い、滅多に人に会わず宮中に閉じこもっていた。外国の情勢を知ろうとさえしない。

——亡国のときなのかもしれぬ。

清河は暗い気持ちになった。

徳川が国を鎖したのは間違っていない。そのころの異国は、キリスト教を武器に国を奪おうとしていた節があり、日本を守るためには鎖国しかなかった。

そのおかげで平和な時代が続いた。合戦さえ起こらなかった。

だが、時代は変わってしまった。

一国だけの平和が許されず、「来るな」と言っても異国の船がやって来る。

外の風に吹かれることなく、微温湯《ぬるまゆ》に慣れ切った幕府や朝廷は、右往左往するばかりだ。

孝明帝は清河の申し出をよろこび、勅許を与えた。清河を中心とする浪士組は〝天皇の兵〟となった。朝廷や公家に出入りすることができる。最初の目論見《もくろみ》通り、公家に近づくことができたのだ。

後は、二人の少年をさがすだけだった。上手く行けば、日本をゾンビから救うことができる。

しかし、清河の調べはそこで終わった。少年をさがす意味が失われてしまったのだ。江戸に戻った数日後、お蓮は死んでしまった。今、清河の隣を歩いているのは、かつてお蓮だった屍だ。目は落ち窪み、額には〝羌〟の痣が浮かび上がっている。

お蓮が清河に嚙みついた。

狼《おおかみ》の牙にも似たお蓮の犬歯が冷たく、清河の首筋に突き刺さっている。かつては温かかった唇も、今は氷のように冷たい。

これまで何度も、ゾンビになったお蓮に嚙まれており、清河の身体は屍の毒に侵されていた。

――一緒にゾンビになってください。

嚙まれるたびに、そんな言葉が聞こえた。お蓮と一緒にいられるなら、屍の夫婦も悪くないのかもしれない。

気が遠くなりかけたとき、ざくりざくりと足音が聞こえた。誰かがやって来たようだ。

お蓮が清河を放した。何をしようとしているのか、言葉が通じずとも分かる。ゾンビは人の血肉を求め、喰らいつき牙を突き立てる。嚙まれた者は、死後ゾンビとなる。

足音は小さく、女のもののようだった。

お蓮が牙を剝き出しにした。やって来たのはゾンビではなく生身の女だろう。清河の知るかぎり、屍同士で喰い合うことはない。嚙みつくことで仲間を増やそうとする。

やがて女の顔が見えた。

提灯を持っているものの、うつむいているので顔はよく見えぬが、若い女だ。

この物騒な時代に女の夜歩きは危ないが、誰も彼もが裕福に暮らしているわけではない。貧しい者は命を削って生きて行く。かつてのお蓮のように。

胸が痛んだが、女を助けるつもりはなかった。それどころか、喉が渇き、女の血を飲みたかった。どうやら清河も、人でなくなりつつあるようだ。

——おれが襲う。

一人歩きの女に歩み寄ろうとした瞬間、

ずぶりッ――

――と、音が鳴った。

女の手前でお蓮が倒れた。

慌てて駆け寄ると、眉間の辺り――ゾンビの急所に深々と白い矢が突き刺さっていた。

「相変わらず、いい腕だ」

男の声で女が呟いた。

――いや、女ではない。

男が女の恰好をしていただけだ。しかも、清河は、その男のことを知っている。

「きさまは――」

そこにいたのは、京にいるはずの土方歳三だった。

2

麻布の外れで、土方歳三は清河八郎と対峙していた。

さな子の弓矢のおかげで先手を取ることができた。額を射抜かれ、動かなくなったお蓮の屍を見て、清河の目が吊り上がった。

殺気立った声で、歳三に聞く。

「何のつもりだ？」

「見ての通りだ」

歳三はむっつりと答えた。

すると、清河ではない男の声が文句をつけた。

「見ても分かりませんよ」

「わん」

総司と八房が顔を出した。

付け加えて言うなら、近くにいるのは、この連中だけではない。新手のゾンビの襲来に備え、闇の中には新選組が待機している。ただし、京を蛻《もぬけ》の殻《から》にするわけにはいかないので、近藤と芹沢はいない。

「まさか、浪士組の大将がゾンビと逢い引きしているとはな」

唇の紅を拭いながら、歳三は言った。清河を討つため、歳三たちはやって来た。

清河の妻がゾンビになっていると気づいたのは、総司だった。

「傾城屋で噂になってます」

最初から清河を疑っていたのか、たまたまか知らぬが、総司は遊郭で清河の噂を耳にした。さらに詳しい噂を聞こうと、遊郭を渡り歩いていたという。

「芹沢先生と遊んでいたわけじゃないんですよ」

総司はそんなことを言った。

噂を聞いたのが普通の者であれば、清河のただの女遊びと思って終わりだろう。

しかし、総司は鋭かった。

「一度、お蓮さんを見たことがあったんです」

女の顔色を見たとたん、自分と同じ病——ゾンビに嚙まれたのではないかと思った。

清河と同じ経路を辿って、総司も〝二人の少年〟についての話を聞いた。だから、

清河が何を考えているのか予想できた。

この一件を歳三に相談しようとした矢先、江戸の山岡から知らせが来た。幕府は刺《し》

客《かく》を清河に放ったという。

裏切り者への制裁ではない。幕府の誰か――おそらく、七郎麿あたりが、お蓮がゾンビとなったことを知ったのだ。

「わざと知られるような真似をしたな」

歳三は言った。ここに来てようやく清河の気持ちが分かった。

新徳寺の幕臣の前で、倒幕をぶち上げたのだから、誰がどう考えたって江戸では監視されている。そんな中、清河は夜な夜な逢い引きを重ねた。

ゾンビになろうと愛する女を捨てることはできぬが、そうかと言って、国を思う気持ちも残っている。

悲しげな目で総司は言う。

「お蓮さんと一緒に成敗されようと思ったのですね」

現世で幸せになれぬのなら、せめて、あの世で幸せになりたい。今も昔も、そう思う男女は多い。

清河は返事をしない。

うつむき加減に顔を伏せている。そのため、歳三と総司の位置からは、顔が見えなかった。

八房が動いた。臆病な仔犬だが、総司が噛まれたことに責任を感じ、何かあるたびに役に立とうとする。

とことこと近寄り、いつまでもしゃべらぬ清河を不思議そうに見上げた。そして、怯えた鳴き声を上げた。

「きゃん」

しっぽをくるりと丸め、総司の後ろに隠れてしまった。何か怖いものを見たらしい。嫌な予感に襲われ、ぞわりと鳥肌が立った。

「まさか――」

女の着物を着たままの恰好で、歳三は清河の顔をのぞき込んだ。

顔が変わっている。生気が失われ、目が落ち窪み、粉を吹いたように肌が白くなっていた。ただの死体にも見えるが、この落ち窪んだ目には見おぼえがある。

――ゾンビだ。

額に〝羌〟の文字が浮かび上がった。

さっきまで生きていたはずの清河が、いつの間にか、屍になっている。

「北辰一刀流のゾンビなんて剣呑だなあ」

総司がため息をついた。それから、歳三に言う。

「土方さん、下がってください」

早くも腰の刀に手を置いている。

「何のつもりだ？」

「清河先生を斬るんですよ」

菊一文字を抜いた。口振りは穏やかだが、すでに剣士の顔つきになっている。それも、決闘に臨む剣士の顔つきだ。

「一人でやるつもりか？」

「相手は一人ですから」

案の定の答えが返って来た。ゾンビだろうと、相手は剣士なのだ。総司の気持ちはよく分かる。

「退《ど》け。おれがやる」

うつむいたまま動かないが、清河は北辰一刀流の免許持ちだ。油断できる相手ではない。

しかも総司はゾンビに嚙まれ、ときおり血を吐くほどに病んでいる。ここにやって来てからも、しきりに咳をしている。真剣勝負できる状態ではあるまい。

それなのに、薄幸の美剣士は笑った。

「その恰好で戦うつもりですか？」

お蓮の屍を引きつけるため、歳三は女物の派手な着物を着ていた。さな子が囮になると言うのを無理やりに代わったのだ。だから、刀も持っていない。

言葉に詰まる歳三に、総司は言う。

「土方さんにお願いがあります」

いつになく真面目な声だった。

「何だ？」

聞き返すと、総司が爽《さわ》やかに笑った。

「八房を頼みます」

仔犬を拾い上げ、歳三に押しつけた。

思わず受け取ってしまった。

「おい――」

「お願いしましたよ」

歳三の返事を聞かず、かつて浪士組の大将だったゾンビに向き直り、軽く頭を下げた。

「清河先生、お待たせしました」

そして、菊一文字を下段に構えた。

総司の構えは近藤に似ている。北辰一刀流千葉道場のような江戸の大道場の洗練された構えに比べると、どこか垢抜《あかぬ》けず、歳三の目から見ても隙だらけだ。素人《しろうと》でも一本取れそうに見える。

剣士たちはその隙を突こうとする。

「それが命取りになるんです」

山南を始め、他流派の達人たちは口をそろえる。何人もの剣士たちが、返り討ちに遭っていた。

近藤の教える天然理心流に〝受け〟はない。相手を誘い、一刀のもとに斬り捨てる。守りを捨てているから、隙だらけに見えるのだ。言うまでもなく、一歩間違えれば大怪我をする。

――危うい剣術だ。

歳三が天然理心流の免許をもらえなかったのは、そう思っていたからなのかもしれない。

「他の剣も学んだ方がいいぞ」

総司に言ったことがある。

道場主たる近藤でさえ、他流派をかじっている。試衛館の主だった剣士の中で、天然理心流しか知らぬのは総司だけだった。

「天然理心流だけでいいんですよ」

口癖のように総司は言う。その言葉を聞くたびに歳三は不安になる。

「〝受け〟を知らないと死ぬぞ」

「人間は誰でもそのうち死ぬようにできていますから」

そう言って、くすくす笑った。

寂しげな笑顔が、今も歳三の脳裏に焼きついている。

その総司が、ゾンビとなった清河と対峙していた。すでに間合いに入っており、もはや誰にも止めることはできない。

「清河先生、ゾンビに嚙まれた者同士、一対一で決着をつけましょう」

沖田総司は言った。

3

――いいこともあったし、悪いこともあった。

そんなことを清河は思う。

ゾンビになっても、人だったころの記憶が残っていた。死ぬ直前に見る走馬灯《そうまとう》というものなのか、お蓮とすごした日々が脳裏を駆け巡っている。

妻にしたいと言ったとき、お蓮は泣きながら首を振り、自分は汚れている。だから、あなたと夫婦になる資格はない。金で買われる玩具《がんぐ》で十分だ、と口早に呟いた。

一緒になれば、見知らぬ男に抱かれる暮らしから抜け出せる。そう言っても、お蓮は首を振り続けた。

清河と初めて会ったとき、まいた金に群がった女郎たちも、決して心が汚いわけではない。生きるため、家族のため金が必要なだけだと訴えた。自分一人が幸せになるわけにはいかない。そんな台詞を口にした。ともに泥水をすすった女郎仲間に義理立てしているのだ。

——お蓮らしい。

清河はますます惚れた。だから、七星剣を抜き、美しく輝く刃文を見せた。

「この刀を持つ者は天下を取る」

やさしい口振りで、七星剣のいわれを話して聞かせた。

「はい……」

お蓮は曖昧にうなずいた。突然の話に戸惑っている。清河が何を言おうとしているのか分からぬのだろう。

思い続けていたことを口にする。

「おれは天下を取る。女が身を売らなくてもいい世の中を作るつもりだ。女郎たちも助けてやれる」

「女郎を助ける――」

お蓮は目を見開いた。尻込みしていた身体が、ほんの少しだけ前のめりになった気がした。

「男子一生の仕事だ。だから、お蓮、妻となっておれを支えろ」

きっと幸せにしてやる。清河は約束した。

お蓮は約束を守った。

幕府に捕まり牢につながれても、清河に不利なことは一つも言わなかった。文字通り、命を懸けて支えてくれた。

しかし、清河は約束を守れなかった。天下を取るどころか、女一人、幸せにすることができなかった。

目の前には沖田総司がいる。立ち姿を見ただけで手練れだと分かる。細身の刀を構えながら、ときおり沖田総司は咳をする。そのたびに血の気が引き、ただでさえ色白の顔がさらに白くなる。

その様子を見てすぐに分かった。この若者も、病んでいる。刻一刻と人からゾンビに近づきつつあるのだろう。屍に嚙まれ、好き合った娘と別れたという話は聞いていた。

沖田総司の隣には土方歳三がおり、いくらか離れたところにはお蓮を射た弓使いがいる。そのまわりを取り囲むように、浅葱《あさぎ》だんだら染模様の羽織を着た、何十人もの剣士たち——新選組が立っていた。

それに対して、ゾンビは清河一人しかいない。多勢に無勢。討ち取るのは難しくあるまい。

しかし、新選組の剣士たちは手を出そうとしない。

「清河先生、ゾンビに嚙まれた者同士、一対一で決着をつけましょう」

沖田総司はそう言った。化け物としてではなく、剣士として刀を交えるつもりなのだ。

——ありがたい。

七星剣を抜いた。ありがたいと思いはしたが、負けるつもりはなかった。

清河八郎は千葉道場玄武館で、易々《やすやす》と免許皆伝を得ている。名もなき芋道場の貧乏剣士とは格が違う。しかも、斬り合いの経験も豊富で、どこを斬れば人が死ぬかを知り抜いていた。

それに加えて、絶対に勝てると言い切れる理由があった。

刀が軽い。

ゾンビになったせいか、七星剣の重さをまるで感じなかった。清河は七星剣を走らせた。

剣戟《けんげき》は稲妻《いなずま》となり、沖田総司に襲いかかる。人の技とは思えぬ刀の速さに、清河は相手の死を確信した。

――おれの勝ちだ。

しかし、七星剣は届かなかった。

沖田総司の首筋に刃が届く寸前、清河の胸に、
ずぶり――――

――――と、衝撃が走った。

見下ろすと、胸に三つの穴が開いていた。そのうちの一本は清河の心ノ臓を正確に貫いている。

三段突き。

天然理心流というよりは、沖田総司の必殺技である。

立て続けに三度の突きを繰り出す技だが、この若者が使うと、あまりの剣の速さに三本の突きが一本に見える。

人ならば即死だろうが、清河はこ、の、世、の、も、の、ではない。一瞬、動きが止まったものの、屍は痛みを感じない。まだ負けていない。

再び七星剣で斬りつけようとしたが、沖田総司の動きの方が早かった。

「清河先生、次で終わりです」

気づいたときには目の前に、菊一文字則宗の剣先があった。沖田総司の声が悲しく響く。

「天然理心流、上《かみ》三段突き」

三本の剣が清河の脳を貫いた。

十　二人の女

1

清河とお蓮の死体を葬《ほうむ》った後、歳三たちは壬生への道を急いだ。

多摩に帰るどころか、江戸で一泊しかしていない。慌ただしく急いでいるのには、理由があった。早く帰って来いと七郎麿に命じられたのだ。新選組として禄をもらった以上、幕府の命令には従わなければならない。

「武士になるのも、楽ではありませんねえ」

総司がため息をついた。そんな飼い主を慰めるように、八房が「わん」と鳴いた。

「おまえは、もともと侍だろう」

歳三は言ってやった。

言葉の綾《あや》ではない。歳三や近藤と違い、総司の親は白河藩士である。

「嫌だなあ。両親のことはおぼえてませんよ」

と、肩を竦めた。

記憶にないという話も、あながち大げさではあるまい。

九歳のときには、すでに試衛館で暮らしていた。親が会いに来たという話も、総司が生家に帰ったという話も聞いた記憶がなかった。

親との間に何があったか知らぬが、総司の口から家族の話を聞いたおぼえがない。ことさらに明るい口振りで、総司は言葉を続ける。

「武士と言っても下級剣士ですよ。将軍の警護なんて命じられはしませんよ」

四月二十一日に、石清水八幡宮《いわしみずはちまんぐう》に参詣する徳川十四代将軍・家茂《いえもち》の警護を、新選組は命じられていた。結成したばかりの烏合の衆に、将軍の警護を任せるなどという話は聞いたことがない。しかも、隊士のほとんどは侍ですらないのだ。

「おかしな男だ」

七郎麿のことだ。

出会ったときから変わることなく、歳三は一橋公を〝七郎麿〟と呼び捨てにしている。不敬極まりない話だが、この呼び方に慣れてしまった。七郎麿自身、仲間のように呼び捨てにされることをよろこんでいる節がある。

それも馬鹿な話だが、それより何よりおかしいのは将軍を守ろうとしていることだ。

「将軍の座を争った相手の身を案じてやがる」

歳三は首をひねった。

安政五年（一八五八）に、二人は将軍の座を巡り争っている。当時、慶福《よしとみ》と名乗っていた十三歳の家茂が勝利を収め、直後に第十三代将軍・家定《いえさだ》が死去したため、第十四代将軍となった。

七郎麿は、その家茂を弟のように扱っていた。

「将軍と言っても、人身御供《ひとみごくう》ですからねえ」

「わん」

天下の大将軍が、総司や仔犬にまで同情されている。事実、家茂は道具のように利用されていた。

瀕死《ひんし》の状態の幕府を延命させようと、文久二年（一八六二）には孝明帝の妹・和宮《かずのみや》と結婚させられていた。

七郎麿が感心したのは、その和宮との夫婦仲の睦《むつ》まじさであった。京からやって来たばかりの皇妹に気を遣い、惜しみなく愛を注いだ。感激のあまり和宮は「生まれ変わっても、上様のおそばにいとうございます」とまで言ったという。

「新しい時代に必要な男だ」

七郎麿は言った。ゾンビはもちろんのこと、尊王攘夷の馬鹿どもからも守らなければならない。事件を起こし戦争に持ち込もうと、異人が家茂の命を狙っているという噂もあった。

敵が多すぎる。人手が不足していた。それも烏合の衆では駄目だ。

――手練れの隊士が欲しい。

歳三は思った。

2

八木邸の門の前に女が立っていた。

「おりょうさんですよ」

見れば分かることを総司が言った。いつ懐いたのか、八房がしっぽを振っている。

「何かあったのか?」

歳三はおりょうに声をかけた。

「ご挨拶に参りました」

そう言われても意味が分からない。

「挨拶？」

聞き返すと、とんでもないことをおりょうは言い出した。

「新選組に入れてもらいました」

酒を飲みに来た芹沢から、入隊の許可を得たという。

「入れてもらったって……」

さな子が目を丸くしている。

「起美の仇を放っておけまへん」

——そういうことか。

歳三は唸った。家族思いのおりょうの言い出しそうなことだ。

竜馬とやらを巡る、さな子とおりょうの関係は気になったが、芹沢が許可した以上、歳三が口を挟むことではない。

それに、西洋の拳銃を使うおりょうは戦力になる。さな子の弓矢とおりょうの拳銃。

間違いなく新選組は強くなる。ただ、

「相手が相手だ。危ないぞ」

「承知しております」

そう言って、いたずらっぽい顔で付け加えた。

「土方様のようなええ男のそばで死ぬんも、悪くありません」

「な――」

言葉に詰まる歳三を見て、独り言のように、おりょうは「坂本様と同じ目をしてはります」と呟いた。

「土方様は土方様です」

さな子が言い返したが、おりょうは千葉の鬼小町を見もしない。くすりと笑い、とんでもないことを口走った。

「隊士でなければ、土方様の女にしてください」

ふざけた口振りだが、まんざら冗談でもない目つきをしている。色白の肌が微かに上気している。

さな子の目が吊り上がった。尖った口振りで、おりょうに言葉を投げつける。

「坂本様はどうなさるのですか？」

「その言葉、そっくりそのまま、お返しします」

おりょうは澄ましている。年下のはずなのに、さな子より大人の女に見えた。余裕のある口振りで、おりょうは歳三に聞く。

「土方様、ご一緒してもええですか？」

火の粉が飛んで来た。おりょうの力は借りたいが、ここでうなずいては、まずい気がする。

「いや……」

歳三は曖昧に言葉を濁そうとしたが、おりょうは許してくれない。

「駄目なら、そう言うてください」

進退窮《しんたいきわ》まった。

浅黒い肌の江戸娘と、抜けるように白い肌の京娘が歳三の答えを待っている。

どうしていいのか分からず、歳三は目を逸らす。助けを求め総司を見たが、無駄だった。

「土方さんはもてるなあ」

「わん」

そう言い残し、八木邸へと帰って行く。歳三を助けるつもりはないようだ。

「おい、総司、八房――」

追いかけようとしたが、おりょうに呼び止められた。

「土方様、まだ話は終わっておりまへん」

横を見れば、さな子がこっちを睨んでいる。何も言わぬところが恐ろしい。

——勘弁してくれ。

途方に暮れながらも、歳三の脳裏に〝坂本竜馬〟の文字が浮かんでいた。

参考文献

司馬遼太郎『燃えよ剣』新潮文庫
司馬遼太郎『新選組血風録』角川文庫
司馬遼太郎『幕末』文春文庫
司馬遼太郎『竜馬がゆく』文春文庫
鈴木亨『新選組100話』中公文庫
鈴木亨『新選組事典』中公文庫
一個人編集部編『一個人　新選組を旅する』ＫＫベストセラーズ
新選組新聞編集委員会編『新選組新聞』新人物往来社
松尾正人『徳川慶喜　最後の将軍と明治維新』山川出版社

本作品は書き下ろしです。

双葉文庫

た-41-01

新選組《しんせんぐみ》!!! 幕末《ばくまつ》ぞんび

斬《き》られて、ちょんまげ

2014年8月10日　第1刷発行

【著者】
高橋由太《たかはしゆた》

【発行者】
赤坂了生

【発行所】
株式会社双葉社
〒162-8540 東京都新宿区東五軒町3番28号
［電話］03-5261-4818(営業)　03-5261-4831(編集)
www.futabasha.co.jp
(双葉社の書籍・コミックが買えます)

【印刷所】
大日本印刷株式会社

【製本所】
株式会社宮本製本所

【CTP】
株式会社ビーワークス

【表紙・扉絵】南伸坊
【フォーマット・デザイン】日下潤一
【フォーマットデジタル印字】恒和プロセス

落丁・乱丁の場合は送料双葉社負担でお取り替えいたします。
「製作部」宛にお送りください。
ただし、古書店で購入したものについてはお取り替えできません。
［電話］03-5261-4822(製作部)

定価はカバーに表示してあります。

ISBN978-4-575-66681-6 C0193
Printed in Japan